STUART DAVID

PEACOCKS MANIFEST

Aus dem Englischen von Alexandra Wellbrück
Eichborn.

Originaltitel: The Peacock Manifesto
Originalverlag: JMP London

The publisher acknowledges subsidy from the Scottish Arts Council towards the publication of this volume

Scottish
Arts Council

1 2 3 4 05 04 03

Lektorat: Doris Engelke
Umschlaggestaltung: Moni Port
Layout: Cosima Schneider
Satz: Fuldaer Verlagsagentur, Fulda
Druck und Bindung: Clausen & Bosse, Leck
ISBN 3-8218-0924-8

Verlagsverzeichnis schickt gern:
Eichborn Verlag, Kaiserstraße 66, 60329 Frankfurt
www.eichborn.de

PROLOG

Man nennt mich Peacock – den Pfau.

Warum?

Das Tattoo. Auf meiner Schulter. Ich hab es mir als Teenager machen lassen, aus Bewunderung für den Vogel. Ich bewundere den Vogel heute noch. Wie er ausschaut. Wie er sich bewegt. Wie er sich putzt.

Ob es weh getan hat?

Scheiße, was denkst du denn?

Aber vielleicht würde man mich auch ohne das Tattoo Peacock nennen. Ich stolziere gern. Ich putz mich gern raus. Ich ziehe mich gern bunt an. Ich trag ein weißes Unterhemd, damit man das Tattoo gut sieht, aber wenn es kühler wird, trage ich ein gutes Hawaii-Hemd darüber. Ein edles, altes. Nicht diesen modernen Scheiß.

Ich gel mir das Haar zurück und achte drauf, daß mein langer Schnurrbart ordentlich gestutzt ist. Ich steh auf klassische Hosen. Ich sehe gern gut aus. Es gibt keinen Grund, wie ein Gespenst rumzulaufen. Das hat niemand je irgendwohin gebracht, und ich hab schließlich noch was vor.

Wirst schon sehen.

Im Augenblick bin ich auf dem Weg nach Chicago. Sitze hoch über den Wolken in der Sonne. Das ist schon mal ein Anfang. Als ich heute morgen aus

Glasgow weg bin, hat es geschüttet. Wie aus Eimern. Aber jetzt bin ich hier, mit dem Kopf hoch über den Wolken.

Einfach irre.

Ich hab eine Idee, verstehst du – und ich bring sie nach Chicago. Ich bin unterwegs zu einem Kerl, der Ideen in was Wirkliches verwandeln kann. Ein Freund von einem Freund von einem Freund. Ich hab es riskiert und einem Kerl, den ich kenne, von der Idee erzählt, und der hat gesagt, er kennt vielleicht jemand, der mir helfen kann. Jemand, der sie wirklich macht. Ich bin genaugenommen ein Denker, aber – das ist schließlich der wichtigste Teil, oder? Ich hoffe nur, dieser Typ kann das wirklich, was ich gehört hab. Besser für ihn, verdammt noch mal. Ich hab nämlich so ziemlich mein letztes Geld für diesen dämlichen Flug ausgegeben.

Neben mir sitzt ein Idiot. Aber wann ist das nicht so, hä? Dieser hier hat einen Anzug an. Sobald wir in der Luft waren und es stickig wurde, zog ich das Hawaii-Hemd aus, und er sichtete das Tattoo.

»Das ist eine schöne Arbeit«, sagte er.

Also machte ich ihm klar, daß er weggucken, mich nicht anschauen und ja nicht versuchen soll, Konversation zu machen.

Er dachte, der Vogel wär ein verfluchter Sittich.

Blöder Pisser.

Aber seitdem hat er keinen Pieps mehr von sich gegeben. Der Arsch tut seit meiner kleinen Warnung so, als würde er schlafen. Ich kann sehen, wie er immer mal wieder die Augen ein bißchen aufmacht und einen besorgten Blick riskiert, und dann macht er ein komisches Geräusch, damit ich denke, daß er wirklich schläft. Aber er stört mich nicht mehr, und so lange ich weiß, daß er mich nicht noch mal anquatscht, bin ich zufrieden. Und ich hab mit meiner Idee genug zu tun.

Ich will dir sagen, wie ich mich hier oben fühle – mit diesem Ding dabei. Ich fühl mich ein bißchen wie mein Onkel Tam. Oder wie ich meine, daß er sich gefühlt haben mag an dem Tag, als er sich für immer in die Scheiße geritten hat. Wenigstens, solange er unterwegs war.

Er war damals zweiundachtzig Jahre alt, und der arme Arsch war seit über zwanzig Jahren impotent. Aber an dem Morgen wachte er mit dem beeindruckendsten Ständer auf, den er je gehabt hatte. Hart wie Stein, hat er gesagt. Also drehte er sich – immer noch im Halbschlaf – zu seiner Frau um, und sie war nicht da. Er rief nach ihr, und als er etwas wacher wurde, fiel ihm ein, daß sie über Nacht bei ihrer Schwester war. Typisch, was? Also überlegte er, sich einen runterzuholen, fand aber, daß das Verschwendung wäre. Statt dessen kletterte er aus dem Bett, rechnete halb damit, daß sein Ding abschlaffen würde, sobald er aufstand. Aber der Ständer blieb. Er konnte es, verdammt noch mal, kaum glauben.

Er zog sich an, vorsichtig – dann ging er runter, und es war immer noch so. Er sagte, es war fast übernatürlich, als ob er wieder in der Pubertät wäre. Und er ging raus und stieg in den Bus, und das konnte natürlich nur helfen. Er hatte erwartet, daß sein Pimmel weich würde, sobald er unter Leute kam, schon aus Anstand; aber nichts da. Er blieb hart. Und Onkel Tam mußte seinen *Hut* darüber halten.

So fuhr er bis zur Schwester seiner Frau, früh am Morgen, in einem Bus voller Leute auf dem Weg zur Arbeit.

Als er dort ankam, war noch alles ruhig. Er wußte, daß es riskant war, anzuklopfen und zuerst mit der Schwester seiner Frau reden zu müssen. Er würde sich einen Grund ausdenken müssen, warum er da war, und dann konnte es passieren, daß seine Frau runter kam, um mit ihnen Tee zu trinken. Also ging der alte Idiot statt dessen ums Haus rum und kletterte an dem verfluchten Abflußrohr zum Gästezimmer hoch. Und er kam auch ziemlich weit. Er kam so dicht, daß er ans Fenster klopfen konnte, und seine Frau kam und machte die Vorhänge auf. Und er schaffte es, sich festzuhalten. Er schaffte es, sich festzuhalten, während sie erst ängstlich und dann nur einfach verwirrt guckte. Und er schaffte es, sich festzuhalten, als sie das Fenster öffnete. Aber dann, um seinen seltsamen Besuch zu erklären, nahm der alte Idiot die eine Hand vom Abflußrohr, zeigte auf seinen Schwanz, der prall seine Hose ausbeulte, und dann fiel er runter auf die Erde.

Konnte nie wieder laufen, und bekam sicherlich nie wieder einen Ständer.

Aber an diesem einen Punkt, diesem Moment, als er im Bus saß und seinen Schwanz mit seinem Hut zudeckte, – da muß er sich ziemlich so gefühlt haben, wie ich jetzt, hier oben über den Wolken. Und ich kann nur hoffen, daß dieser Ami-Scheißer, zu dem ich unterwegs bin, es hinkriegt. Und ich nicht am Ende im Garten liege wie Onkel Tam.

TEIL 1

1

Der Schwachkopf auf dem Nachbarsitz hatte die Augen zu, bis wir unten waren. Er tat so, als schliefe er, als wir runtergingen, und sogar noch, nachdem wir gelandet waren. Die ganze Zeit, während das Flugzeug in die Parkposition rollte und dann hielt.

Kein Mensch kann eine Landung verschlafen. Ich hab mir in die Hosen geschissen. Und ich wette, hätte Onkel Tam zur Schwester seiner Frau fliegen müssen, dann hätte die Landung dafür gesorgt, daß er bis zum Tage seines Todes immer noch hätte laufen können.

Aber dieser Idiot tat die ganze Zeit so, als würde er schlafen.

»Bitte bleiben Sie so lange sitzen, bis das Anschnallzeichen erlischt«, tönte es aus dem Lautsprecher. Und er tat so, als verschlafe er auch das. Dann, sobald es piepste und das Lichtchen ausging, schoß er hoch und drängelte sich aus dem Flugzeug.

»Jawoll, lauf«, rief ich ihm nach, und viele Leute drehten sich um, aber er nicht. Ich sah ihn nicht wieder. Nicht am Gepäckband und auch nicht vor dem Flughafen.

Wichser.

Draußen nahm ich mir ein Taxi. Der Arsch, der fuhr, verstand nur Bahnhof.

»Was? Wo wollen Sie hin?«

Immer und immer wieder.

Ich mußte es aufschreiben und ihm zeigen.

Verdammte Amis.

Einiges, woran wir vorbeifuhren, sah ziemlich wüst aus. In Glasgow sieht vieles ziemlich wüst aus, aber meistens, weil es abgewrackt ist. Entweder, weil es jemand kaputtgemacht hat, oder weil kein Geld da ist, um es zu reparieren. Manches hier sah aus, als wäre es so *gebaut* worden. Gitter an den Fenstern und Türen. Total verrückt.

Hinten im Taxi war es scheißkalt. Das Arschloch hatte die Fenster unten und zog wieder seine »Was?«-Nummer ab.

»Mach das Fenster zu, Kumpel.«

»Was?«

»Es ist scheißkalt.«

»Was?«

»Ah, halt's Maul.«

Ich sagte das leiser als den Rest, aber der Arsch verstand es genau.

Er hielt an.

»Raus«, sagte er.

Also probierte ich dieselbe Nummer.

»Was?«

»Raus aus meinem Taxi.«

Ich schaute zum Fenster raus.

»Raus.«

»Immer mit der Ruhe, Kumpel«, sagte ich und schaute weiter zu meinem Fenster raus. »Fahr weiter.«

Dann hörte ich etwas gegen das Glas schlagen, das zwischen ihm und mir war, und ich schaute hin.

Das Arschloch hatte eine Knarre.

»Raus«, sagte er noch mal. Also griff ich mir meine Tasche und stieg aus. Und da stand ich, mitten zwischen diesen Häusern mit den Gittern an den Fenstern und Türen.

Ich kriegte ziemlich schnell ein anderes Taxi. Ich glaub nicht, daß der Typ anhalten wollte, aber ich ließ ihm verdammt keine Wahl. Ich machte einen Satz auf die Straße und stand direkt vor ihm. Dann sprang ich auf den Rücksitz, während er noch rumschrie. Ich zeigte ihm den Zettel, den ich auch dem ersten Typen gezeigt hatte und lächelte. Tat so, als ob ich die verfluchte Sprache nicht könne. Es war verdammt viel einfacher. Das beruhigte ihn schließlich, er dachte, ich wär einfach ein schwachsinniger ausländischer Spinner.

Trotzdem hielt es ihn nicht vom Labern ab. Er redete den ganzen Weg bis zum Hotel, was für ein verrückter Ort Amerika sei und was ich darüber dächte. Was ich mochte, was nicht. Was ich mache, und was ich so vorhätte. Hin und wieder zuckte ich mit den Achseln, versuchte ihm klarzumachen, daß ich kein Wort verstand. Er hatte offenbar nicht genug Grips, um zu begreifen, daß ich, wenn ich kein Englisch kann, wahrscheinlich auch nicht kapiere, wovon zur Hölle er redete. Oder vielleicht war es ihm bloß egal.

Trotzdem habe ich es hierher geschafft. Ich fand es ziemlich verwirrend, daß ich seit fünfzehn Stunden unterwegs war und trotzdem nach meiner Uhr erst vor neun Stunden das Haus verlassen hatte. Wäre ich zuhause, ginge es so langsam auf die Nacht zu, aber hier war erst Nachmittag. Ich kriegte das nicht in den Kopf. Mir war danach, ins Bett zu gehen, aber man kann ja nicht am Nachmittag ins Bett. Also ging ich runter an die Bar.

*

Ich mußte einen Tag auf meinen Typ warten. Er sollte erst am nächsten Nachmittag ankommen. Aus New York. Anscheinend kannte er irgendwo in Chicago was, wo wir billig arbeiten konnten – deshalb war ich hier. Ich hoffte bloß, daß der Arsch auftauchen würde. Mein Kumpel, der mit seinem Kumpel gesprochen hatte, hält sich für einen verdammt großen Macher, weil er die ganze Sache allein auf die Beine gestellt hat. Er dachte, das würde mich beeindrucken. Ihn hat es, verdammt noch mal, beeindruckt.

»Vielleicht sollte ich erst mal mit dem Kerl reden«, hab ich immer wieder gesagt.

»Brauchst du nicht«, hat er geantwortet. »Es ist für alles gesorgt, Peacock. Aber denk dran: wenn alles klappt, krieg ich zwanzig Prozent.«

Blödmann.

Verdammt, ich hätte trotzdem mit dem Kerl reden sollen. Nur, um sicher zu gehen.

Ich weiß ein paar Sachen über diesen Typ. Ich weiß, daß er noch nicht lange aus dem Knast raus ist. Und ich weiß, daß er jetzt an dieser neuen Sache dran ist. Ich weiß, daß er aus Ideen Wirklichkeit machen kann. Ich denke, er hat das Gleiche kapiert wie ich, nämlich, wo man jetzt Geld machen kann. Gegen ein bißchen Kriminalität nebenbei, um sich über Wasser zu halten, ist nichts einzuwenden, aber keiner macht mehr das große Geld mit sowas. Hat sich alles verlagert. Viele reden jetzt über Kriminalität. Im Film und so. Und viel vom großen Geld steckt jetzt in dem Business, bei dem wir bald mitmischen.

Sobald ich im Hotel war, machte ich meine Tasche auf und wickelte meinen kleinen tragbaren CD-

Player aus den Handtüchern, die ihn geschützt hatten. Und dann langte ich in das Seitenfach der Tasche. Ich fühlte wieder diesen Kitzel, als ich die CD rausholte. Den gleichen Kitzel, den ich hatte, als mir die Idee zum ersten Mal kam. Dieses Onkel Tam-Gefühl. Und ich schob die Scheibe in den CD-Player und hörte sie mir noch mal an.

Jedes Mal, wenn ich sie mir wieder anhöre, mache ich mir vor Angst, daß es doch keine so gute Idee ist, fast in die Hosen. Aber es paßt immer wieder. Ist perfekt. Eine verdammt geniale Idee. Und wenn wir einen Dance-Rhythmus draufpacken und ein paar von diesen verfluchten Techno-Effekten – ein bißchen von diesem verdammten Gekratze – wird es sich eine Million Mal verkaufen. Zwei Millionen. Zehn Millionen, verdammt.

Wenn dieser Kerl kommt und sich mit seinem Zeugs auskennt, wird es ein Irrsinnshit weltweit. Ich hab keinen Dunst, wie das alles gemacht wird, aber das ist nicht wichtig. Wichtig ist allein die Idee – und *was* für eine Idee, verdammt.

Wart, bis du's hörst.

Wart, bis du hörst, aus was wir eine Dance-Platte machen.

Bist du bereit?

Glen Campbell. Verdammter Rhinestone-Cowboy.

Na?

Ha ha …

Aber er hielt seine Fingerknöchel hoch. Es war drauftätowiert.

Er fand es nicht komisch, daß ich das komisch fand.

»Und warum nennt man dich Peacock?« fragte er, und ich zeigte ihm den Vogel.

»Sieht eher aus wie ein Papagei«, sagte er. »Oder ein Nymphensittich.«

Wir starrten uns ein Weilchen an, dann lachte er. Dann lachte ich. Es schien okay zu sein. Also gingen wir zu einem Sandwich-Laden die Straße hoch, um übers Geschäft zu reden.

»Was zum Kuckuck ist das denn?« fragte ich, als er unsere Sandwichs brachte.

»Was?«

»Das.«

»Schinken und Käse. Du hast Schinken und Käse bestellt.«

»Nicht so viel Schinken. Nicht so viel Käse. Das ist eine ganze verdammte Packung von beidem, Kumpel.«

»Willkommen in Amerika«, sagte er.

Ich pulte einiges davon runter. Scheiß drauf.

»So«, sagte Bob und setzte sich, »du bist also der Kerl.«

Ich nickte.

»Gut«, sagte er, »hoffentlich klappt es.«

Und dann biß er in sein Sandwich. Gestopft voll mit Gemüse und etwas, das aussah wie Gras.

Er war ein ziemlich dünner kleiner Kerl, aber Mannomann, konnte der essen. Er fraß das ganze Gemüse mit, und sein Tempo verblüffte mich. Er schaute nicht hoch und sagte kein Wort, bis er fertig war, und obwohl ich mein Sandwich auf normale Größe zusammengestaucht hatte, war ich mit der einen Hälfte erst halb durch, da war er schon fertig.

»Schon besser«, sagte er. Dann machte er sich über seinen Kaffee her.

»Tja, nach dem, was ich gehört hab, müßten wir ein großartiges Team abgeben«, sagte er.

»Hoffentlich, mein Freund, hoffentlich.«

»Haben die dir gesagt, was ich habe?«

»Kein Wort. Die haben nur gesagt, du wärst der Richtige.«

»Das ist auch so ziemlich alles, was die mir über dich erzählt haben. Aber ich glaube, du wirst beeindruckt sein. Ich glaube, wir sind da an was dran.«

Er zog seine Tasche auf den Tisch, und ich lachte über das Logo darauf. Bolsov Ballett.

»Ganz schön schwul, was?« sagte er. »Ich hab da früher getanzt.«

»Getanzt?«

»Moderner Tanz. Dann hat mich jemand vom Motorrad geholt. Beide Beine gebrochen.«

»War wahrscheinlich das Beste«, sagte ich.

»Vergiß es«, sagte er. »Das ist das Zeug.«

Er zog ein Paar Kopfhörer aus der Tasche und schob die Hände wieder rein.

»Setz die auf«, sagte er, also tat ich es. Ein Song von den Stones. Der verfluchte Jagger jaulte vor sich hin. Dann hörte es auf.

»Was denkst du?« fragte er.

»Hä?«

Er nickte mir zu und zwinkerte.

»Was?« fragte ich, und er sah ein bißchen gekränkt aus.

»Gefällt's dir nicht?«

»Klingt okay.«

»Meinst du, daß du was damit anfangen kannst?«

»Was?«

»Wir brauchen bloß diesen einen Teil zu wiederholen. Das wird richtig abgehen. Du mußt nur ein paar Beats und vielleicht ein House-Piano dazugeben und es wird fantastisch. Da kann nichts schiefgehen.«

Ich schaute all den Schinken und Käse auf meinem Teller an.

»Oh, Scheiße ...« sagte ich.

III

Als ich das nächste Mal meine Alte anrief, hatte ich das mit der Zeitverschiebung kapiert, erzählte ihr aber nicht, was passiert war. Sie wäre ausgerastet. Ich hab nur gesagt, daß ich den Typ getroffen hab, und daß er okay wirkte. Ich hab ihr nicht gesagt, daß er denselben Job von mir erwartete, wie ich von ihm. Und ich hab ihr nicht gesagt, daß ich ein bißchen ausgeflippt bin, da in dem Sandwich-Laden.

Ich kann mich nicht mehr an alles erinnern, was ich da gebrüllt habe, aber ich denke, ich hab dem kleinen Kerl Angst eingejagt. Manches galt ihm, aber das meiste erst mal diesem Arsch, der mich rübergeschickt hatte. Ich erinnere mich, daß ich irgendwann Schinkenstücke ans Fenster geschmissen hab, und er saß einfach nur da und starrte mich an. Und dann, als ich mich wieder beruhigt hatte, fragte er nach meiner Idee.

»Ach ... Schon gut, mein Freund«, sagte ich.

»Es interessiert mich«, sagte er. »Meine war so gut, daß ich aus New York hierher gekommen bin. Ich möchte wissen, was dich den ganzen Weg von Schottland hergebracht hat.«

Ich schüttelte den Kopf. »Vergiss es, Kumpel.«

»Komm schon, Peacock«, meinte er. »Welcher Song war es? Verrat mir den Song.«

Ich stand auf. »Ach, scheiß drauf«, sagte ich. »Okay. Komm mit.«

Also gingen wir zurück zum Hotel, und ich kramte den CD-Player raus. Gab ihm die Kopfhörer, und als er sie aufgesetzt hatte, ließ ich es krachen.

Schaute mir sein Gesicht an.

Ich hörte das Lied leise, während er horchte, aber sein Gesichtsausdruck veränderte sich nicht. Dann, als ungefähr eine Strophe vorbei war, nahm er die Kopfhörer ab.

»Wie hält man das an, Peacock?« fragte er, und ich zeigte ihm den Knopf. Er drückte drauf. Dann, verdammt, stand der Arsch auf und schüttelte mir die Hand.

»Peacock«, sagte er. »Du hast es geschafft, Mann. Das ist ... es ist genial.«

»Halt's Maul«, sagte ich.

»Ich meine es ernst, Mann. Große Klasse. Glen *Campbell* – Jesus Christus! Wir *müssen* das gebacken kriegen, Peacock. Wir müssen. Wie schwer kann das schon sein, hä?«

»Verdammt schwer, so wie es aussieht.«

»Red keinen Scheiß. Wir werden ...«

Dann fing er an, im Zimmer herumzustöbern. Machte Schubladen auf und wieder zu. Guckte in die Schränke.

»Verdammt, was suchst du denn?« fragte ich. »Geh von meinem Kram weg, Bob.«

Aber er machte weiter, bis er hatte, was er wollte.

»Da ist es ja«, sagte er und setzte sich mit einer Ausgabe der Gelben Seiten aufs Bett. Er blätterte und blätterte und riß dann eine Seite raus.

»Das ist alles, was wir brauchen, Peacock«, sagte er. »Das ist unser Schlüssel zum Erfolg, verdammt. Bist du fertig?«

»Fertig wofür?« fragte ich.

»Fertig zum Gehen«, sagte er. »Komm, wir brauchen ein paar Sachen.«

Ich hab meiner Alten auch nicht gesagt, wo wir gelandet sind. Und ganz besonders nicht, was passiert ist, als wir erst mal da waren. Das hätte sie komplett die Scheißwände hochgetrieben. Wo wir gelandet sind, das war ein Musikgeschäft, was sie – schon richtig – nicht so sehr gestört hätte. Aber was passiert ist, als wir erst einmal drin waren, ist folgendes: ich hab noch mal vierhundert verfluchte Dollar ausgegeben.

Und, glaub mir, das hätte sie nicht glücklich gemacht, das kann ich dir sagen, verdammt.

»Okay, Mann«, hat Bob zu dem Typ hinterm Tresen gesagt. »Wir wollen eine Dance-Platte machen. Sag uns, was wir brauchen.«

Und der Typ fing an zu reden. Und redete. Und Bob, der kleine Wichser, der nickte und runzelte die Stirn, als wüßte er Bescheid, als verstünde er jedes verdammte Wort. Und der Typ machte weiter, und

Bob nickte und runzelte noch ein bißchen mehr die Stirn – und dann war es passiert. Plötzlich hatten wir sie gekauft, diese verdammte ... *Maschine.*

Achthundert Dollar für uns beide.

»Das ist Wahnsinn«, sagte ich zu Bob, als wir sie ins Hotelzimmer trugen, aber der Kleine war absolut überzeugt. Er würde auf diesem Ding einen weltweiten Dance-Hit basteln.

»Du hast den Typ gehört«, meinte er. »Alle benutzen dieses Ding, Peacock. Wird schon werden.«

Also packten wir es aus und schalteten es an. Dann standen wir einfach blöd da.

Bob grinste von einem Ohr zum anderen, *hüpfte* regelrecht. Rieb sich die Hände und kicherte, aber ich starrte das Ding nur an. Ein grauer Kasten voller Knöpfe und Regler, mit einem Bildschirm in der oberen Ecke.

»Und jetzt?« fragte ich.

»Jetzt das«, meinte er und nahm die Bedienungsanleitung. Er blätterte sie kurz durch und gab sie dann mir.

»Wieviel davon ist auf Englisch?« fragte ich und blätterte weiter hinten – hoffte, nach den ersten paar Seiten käme Französisch oder Japanisch. Kam aber nicht. Das gesamte verfluchte Ding war auf Englisch, die ganzen dreihundertnochwas Seiten. Und dazu all dieses technische Zeug, Tabellen und Diagramme, verdammt.

»Hör zu, Kleiner«, sagte ich und gab ihm das Buch zurück. »Du kannst mich holen, wenn du das da geklärt hast. Ich bin in der Bar.«

Aber man muß es ihm lassen. Ich war erst bei meinem dritten Bier, als er runterkam, um mich zu holen. Und der Arsch grinste doch tatsächlich immer noch.

Wenn er so lacht, sieht er jemandem ähnlich. Jemandem vom Film. Ich hab die ganze Zeit rauszukriegen versucht, wem, aber ich komm nicht drauf. Egal – ich krieg's raus. Und dann laß ich's dich wissen.

»Wie lief's?« fragte ich, als er sich setzte.

»Prächtig, Peacock«, sagte er. »Ich hab's zum Laufen gebracht. Ist ganz leicht. Komm mit hoch und wir probieren was aus.«

»Laß mich zuerst austrinken, Junge«, sagte ich. »Willst du auch eins?«

Er schüttelte den Kopf. Es juckte ihn saumäßig, wieder nach oben zu kommen, das sah man ihm an. Also kippte ich schnell mein Bier, und dann gingen wir.

Das Ding sah für mich genauso unverständlich aus wie vorher, aber Bob machte sich daran, meinen CD-Player anzuschließen, und dann drückte er auf ein paar Knöpfe. Er ließ die CD laufen und drückte noch ein paar Knöpfe, und ich hörte den Song wieder schwach aus den Kopfhörern kommen. Dann war alles still.

»Okay«, sagte Bob, »setz die auf.« Und er gab mir die Kopfhörer. »Fertig?« fragte er, immer noch mit diesem Grinsen, und fast kam ich drauf, wem er ähnlich sah, aber dann war's auch schon wieder weg.

Er hielt den Finger hoch über einen Knopf auf der Maschine und ließ ihn mit übertriebener Geste auf den Knopf runterfallen. Dann fing der Song an, diesmal aus der Maschine, und Bob rieb sich wieder die Hände.

»Was sagst du *dazu*, Peacock?« fragte er. »Was *sagst* du dazu?«

»Aye, das ist ein Anfang, mein Freund«, meinte ich.

»Ah, aber paß mal auf«, sagte er und drückte noch ein paar Knöpfe. Dann kam er durcheinander, und das Grinsen verschwand.

»Scheiße ...« sagte er. »Wie war ...?«

Hastig blätterte er die Anleitung durch und kam zur Maschine zurück. Wieder das übertriebene Gefuchtel mit dem Finger überm Knopf.

»Fertig?«

Ich zuckte mit den Achseln, und der Finger sauste runter. Der Song begann, und als das Ende des Stückchens kam, das er aufgenommen hatte, fing es wieder von vorne an. Und nochmal. Es war nicht besonders weich, aber Bob war aufgesprungen und hüpfte herum.

»Okay!« rief er. »O-kay, verdammt noch mal!«

Er wühlte in der Bostoner Ballett-Tasche und zog eine kleine Flasche Whisky heraus, ging ins Bad und kam mit den Zahnputzbechern wieder zurück.

»An die Arbeit«, sagte er.

»Aye, mein Junge«, sagte ich. »Ich mach mich beim Whisky an die Arbeit, und du beim Song.«

Ich stürzte mich aber ziemlich schnell mit ihm in die Arbeit. Der Whisky machte mich kribbelig, und ich hörte das, was Evil Bob gerade machte, über die Kopfhörer. Wir hatten eine Schlagzeug-CD zur Maschine dazugeschenkt bekommen, und er hatte sie eingespeichert und drosch jetzt auf den entsprechenden Knöpfen herum.

Nach etwa fünf Minuten ertappte ich mich dabei, wie ich ihm die Kopfhörer wegzog und mich selbst dranmachte. Es war leicht. Es war ein Kinderspiel, dieses Musik-Dingens. Und es machte verdammt viel Spaß.

»Nimm das auf, Bob«, sagte ich, als ich ein bißchen was ausgearbeitet hatte. Und irgendwie wußte er, wie man es machen mußte. Dann kam wieder er an die Reihe.

Wir machten stundenlang weiter. Einer von uns trank und der andere arbeitete. Wir tauschten. Ließen noch ein paar Flaschen aus der Bar kommen, und als wir schließlich Schluß machten, waren wir ziemlich hinüber.

Davon hab ich meiner Alten nichts erzählt.

Ich rief sie an, gleich nachdem wir am nächsten Morgen aufwachten. Mein Kopf hämmerte wie blöd. Bob hatte auf dem Boden geschlafen, und als ich sie anrief, kotzte er gerade ins Klo. Tschuldigung – in die verdammte Toilette. Er übergab sich gerade in die verdammte Toilette. Das hab ich ihr auch nicht erzählt. Und noch etwas hab ich ihr nicht erzählt: ich hab ihr nicht erzählt, wie aufgeregt wir aufgestanden waren, um uns trotz unseres Katers anzuhören, was wir in der Nacht zuvor fabriziert hatten.

»Mach's an, Bob«, habe ich ihn angeschrien, als er an den Knöpfen herumfummelte. »Komm schon, mach's verdammt noch mal an.«

Und da gingen die Lichtchen an.

Er setzte die Kopfhörer auf, aber ich zog sie ihm weg.

»Laß krachen, Junge«, sagte ich, und es fing an. Und ich hörte zu. Und ich schaute ihn an. Und es klang *scheiße*. Absolut *scheiße*.

Ich hielt ihm die Kopfhörer hin und schüttelte

den Kopf. Er setzte sie auf. Er nahm sie runter. Dann rannte er auf die »Toilette«, um zu kotzen.

Ich werd dir sagen, nach was es klang. Eines Nachts rastete der Typ aus, der über uns wohnt. Er fing an, Sachen zu zertrümmern; er schmiß Zeugs gegen die Wände und zerschlug Kram auf dem Boden. Zur gleichen Zeit hatte ich Glen in der Stereoanlage laufen. Und genau so klang dieses Ding, das wir uns zusammengebastelt hatten. Ein verdammtes Chaos. Einfach nur Geklapper und Geknall, während das eine Stück des Songs, das wir aufgenommen hatten, spielte und spielte und an dem Part, wo es sich wiederholte, stotterte wie eine Schallplatte mit einem Kratzer.

Es war furchtbar. Ganz entsetzlich scheußlich furchtbar.

»Wir werden eine Million machen«, sagte ich zu meiner Alten. »Zehn Millionen. Ich ruf dich morgen an, Maus.« Und ich legte auf.

Der Kleine schwankte ins Zimmer zurück.

»Bob«, sagte ich. »Wir verstehen nicht das kleinste verdammte bißchen davon. Wir sind aufgeschmissen.«

Er setzte sich auf die Ecke vom Bett, rieb sich den Kopf.

»Aber die Idee ...« sagte er. »Laß mich mal telefonieren, Peacock. Vielleicht kennt mein Kumpel ja jemand. Es muß einen Weg geben.«

Dann stand er auf und fing an, ganz methodisch, die Maschine in die Schachtel zurückzupacken. Setzte all die Styroporstücke und so an ihre Plätze zurück. Und als er fertig war, guckte er sich im Zimmer um.

»Scheiße«, schrie er. »SCHEISSE!!«

IV

Was ich tat, war nicht gerade freundlich, mußte aber sein.

Ich schob den Kleinen an die Wand und hob ihn hoch, bis seine Füße vom Boden weg waren – nur ein paar Zentimeter. Ich hatte eine Hand an seinem Hals, hielt ihn aber nicht damit oben. Ich wollte den kleinen Scheißer nicht umbringen. Meine andere Hand hatte seinen Gürtel gepackt, und an dem hielt ich ihn fest. Die Hand an seinem Hals war nur, um ihn ruhig zu stellen.

Trotzdem drückte ich ein kleines bißchen zu – nur, um ihm Angst zu machen.

»Verstehst du mich, Junge?« schrie ich laut und lehnte mich vor, ganz nahe an sein Gesicht. »Verstehst du, was ich meine, zum Donnerwetter?«

Er hatte die Augen zu, nickte aber.

»Weil ich dich, verdammt noch mal, umbringe«, flüsterte ich. »Wenn du abhaust und ich rauskriege, daß jemand anders die Scheibe gemacht hat, dann werd ich dich, verdammt noch mal, finden.«

Dann ließ ich ihn runter, hielt ihn aber weiter an die Wand gedrückt. Er machte die Augen auf.

»Kapiert?« fragte ich noch mal.

»Kapiert, Peacock«, sagte er. »Ich hab's kapiert, verdammt noch mal.«

Also ließ ich ihn los und schüttelte ihm die Hand.

»Nur damit das klar ist«, sagte ich.

»Ist klar«, meinte er. »Ist sonnenklar.«

»Schon gut. Schon gut, Kleiner. Geh und mach dich zurecht, und wir bringen dieses Ding zurück.«

Kurz davor hat er telefoniert, vom Zimmer aus. Hat seinen Typen angerufen, und es stellte sich raus, daß sein Typ einen Produzenten an der Westküste kannte; jemand mit einem Studio, der das für uns erledigen könnte, wonach wir suchten. Anscheinend schuldete der Produzent Bobs Typen einen Gefallen, also sagte er, er würde es regeln, und so waren wir wieder im Geschäft.

Wir beschlossen, die Maschine in den Laden zurückzubringen und mit dem Geld ein Auto zu mieten – und Bob sagte, er würde uns dort hinfahren. Ich wußte, ich war auf ihn angewiesen. Ich hab keinen Führerschein, und ohne seine Kontakte wär ich aufgeschmissen. Ich kannte keine Menschenseele in diesem ganzen verdammten Land. Also trafen wir eine Vereinbarung – wenn die Sache klappte, würden wir Halbe-Halbe machen. Mir blieb dann nur noch diese kleine Warnung. Ich konnte mir gut vorstellen, eines Morgens in irgend einem Motel aufzuwachen, und der Scheißer wäre weg. Abgehauen an die Westküste, mit meiner Idee, und ich könnte einen Scheiß dagegen machen. Also mußte ich die Dinge klarstellen. Es war keine nette Sache, und ich fing gerade an, ihn ganz gern zu haben. Aber es mußte sein.

Nur, damit er Bescheid weiß.

*

Als wir im Musikgeschäft versuchten, das Geld für die Maschine zurückzukriegen, gab es ein ziemliches Theater. Es ging damit los, daß ich die Quittung verloren hatte.

»Komm schon, Mann«, sagte Bob zu dem Kerl. »Du erinnerst dich an uns, verarsch mich nicht.«

»Ich erinnere mich an euch«, sagte der Kerl. »Aber ich brauche eine Quittung.«

Dann wollte er wissen, warum uns das Ding nicht gefiel.

»Das ist unser meistverkaufter Sampler«, sagte er. »Wir haben noch nie irgendwelche Beschwerden gehabt.«

»Oh, das ist eine gute Maschine«, sagte Bob. »Wir haben kein Problem mit der Maschine. Wir selbst sind es. Die Maschine ist in Ordnung, aber ich werd dir ein Geheimnis verraten.« Er senkte seine Stimme. »Wir sind *miserabel*«, sagte er. »Wir haben es versucht, aber ... du wärst tot umgefallen, wenn du gehört hättest, was dabei herausgekommen ist. Erzähl es ihm, Peacock.«

»Das klang, als würden sich welche umbringen«, sagte ich.

»Was?«

»Es war ein Fiasko.«

»Was?«

»Ah, halt's Maul ...« Wieder nur so vor mich hingemurmelt. Und wieder verstand es der Arsch ganz perfekt.

»Raus«, schrie er. »Ich brauch diesen Scheiß nicht, Jungs. Raus hier.«

»Okay, okay ...« sagte Bob. »Peacock ...« Er legte seine Hand auf meinen Rücken. »Wart draußen, Mann. Wart draußen.«

»Tut mir leid«, sagte er zu dem Kerl. »Er hat's nicht so gemeint. Er ist einfach ... frustriert. Mal sehen, ob wir das hinbiegen können.«

Kopfschüttelnd ging ich raus. Diese Yankees und ihre verdammten Knarren. Ich hatte so ein Gefühl, daß das als nächstes gekommen wäre – genau wie mit dem Kerl in dem verfluchten Taxi.

Also ging ich raus.

Bob kam etwa zehn Minuten später und schwenkte das Geld.

»Soweit alles klar, Peacock«, sagte er.

»Was hast du zu ihm gesagt?« fragte ich.

»Ich hab ihm ein paar Geschichten erzählt. Nur ein paar Geschichten.«

Also gingen wir das Auto holen. Bob nahm dafür das Haarnetz ab und strich sich die Haare glatt, dann ließ er mich mit seiner Jacke draußen warten.

Als er wieder rauskam, konnte ich es nicht glauben. Ich konnte nicht glauben, was er fuhr.

»Was zum Henker ist das?« rief ich, als er anhielt und das Fenster runterließ.

»Das ist Klasse«, rief er zurück. »Steig ein.«

Was für eine Karre. Eine Art grüner Sportwagen. Ich sank auf den Beifahrersitz. Er fuhr los, und der Wagen gab kaum ein Geräusch von sich.

»Was sagst du dazu?« fragte er. »Ich hab gesagt, sie sollen mir was Kompaktes geben. Ich hab gesagt, sie sollen mir was Sparsames geben. Und das hab ich bekommen.«

»Ist verflucht bequem«, sagte ich.

»Das muß es auch. Wir haben einen langen Weg vor uns.«

Vom Hotel aus rief ich noch mal meine Alte an, um ihr zu erzählen, daß wir weiterfahren würden. Und weil der Kleine gerade die Taschen zum Auto runterbrachte und außer Hörweite war, erzählte ich ihr, wie ich ihn an die Wand gedrückt hatte. Das brachte sie zum Kichern. Ich sagte, daß sein Haarnetz runtergerutscht war, und da wieherte sie los. Ich dachte, ich hätte ihr schon früher von seinem Haarnetz erzählt, hatte ich aber nicht. Sie konnte sich nicht halten vor Lachen.

»Warum trägt er ein Haarnetz?« fragte sie.

»Er sagt, das trägt man in New York, wenn man aus dem Knast kommt«, sagte ich. »Er trägt es die ganze Zeit.«

Dann sagte ich ihr, daß wir weiterfahren würden. Am anderen Ende wurde es still. Ein paar Sekunden lang. Dann fragte sie, wohin wir wollten.

»An die Westküste«, sagte ich. »Er findet die Idee zu außergewöhnlich, um hier daran zu arbeiten. Wir brauchen ein professionelleres Studio. Er arbeitet da draußen mit einem großen Produzenten zusammen, also bringen wir es zu ihm. Das wird eine riesige Sache.«

Abermals Stille. Dann sagte sie, ich solle sie kommen lassen.

»Mach schon, Peacock«, sagte sie. »Es ist verdammt kalt hier. Ich will die Sonne sehen. Nun mach schon, Peacock.«

Ich sagte, ich würde sehen, was ich tun könne. An der Westküste würde ziemlich bald eine Plattenfirma beteiligt sein, und dann könnten wir es uns leisten. Ich würde mich drum kümmern.

»Laß mich nicht hängen, Peacock«, meinte sie. »Und mach keinen Umweg über San Francisco mit dieser Schwuchtel im Haarnetz. Sieh zu, daß ich da hin komm, Peacock. Ich mein es ernst.«

Ich legte auf. Ich hatte genug.

V

Ich muß dir ein bißchen was von meiner Alten erzählen. Jesus *Christus*.

Hör zu.

Ich weiß, warum sie will, daß ich sie an die Westküste hole. Ich weiß es. Sie hofft, daß sie Hollywood zu sehen kriegt. Scheiß Hollywood. Das ist ihr Traum, weißt du. Das würde ihr verdammt gefallen.

Ich sag dir, was sie gemacht hat, als ich sie heute anrief. Es regnete dort und war kalt, also mußte ich nicht fragen – ich wußte es. Sie tat das, was sie immer tut, wenn es regnet und kalt ist.

Zuerst ein großer, blödsinniger, bunter Cocktail. Leuchtend grün oder ein unnatürliches Neonblau, in einem großen, verflixten, dreieckigen Glas. Das ist das erste, aber nicht die Hauptsache. Die Hauptsache ist, was sie sich dazu in der Glotze anschaut, und das weiß ich ganz genau. Schwarzweiß, aus den Vierzigern oder Fünfzigern – und meist spielt Audrey Hepburn mit. Oder dieser andere Wichser. Humphrey Bogart.

Immer wenn es regnet oder kalt ist, sitzt sie da – am Nachmittag – die Füße auf dem Couchtisch und ihren atomaren Cocktail auf der Armlehne.

Ich sage immer, daß dieser Scheißdreck nur deshalb mitten am Tag gesendet wird, weil um diese Tageszeit keiner Glotze guckt. Deshalb gibt es für die auch keinen Grund, Geld fürs Produzieren ordentlicher Programme auszugeben, die dann eh keiner anschaut.

Aber sie sitzt da und klebt daran. Komplett verhext.

Und ihr Traum ist es, nach Hollywood zu gehen, zu sehen, wo das alles herkommt. Ich versuche immer, sie auch darüber aufzuklären. Das ist eine verdammte Müllkippe, sage ich. Jeder weiß das. Sogar ich weiß das, und ich bin nicht da gewesen. Aber sie hört nicht zu. Sie will kein verdammtes Wort hören.

»Wenn ich je nach Hollywood gehe«, sagt sie dann manchmal, wenn die Cocktails angefangen haben, ihr das Hirn zu vernebeln, »wenn ich je da hinkomme, ich wette, jemand würde mich entdecken, Peacock. Ich wette, jemand würde *mich* in einen Film wie diesen tun.«

»Solche Filme werden nicht mehr gemacht«, sage ich. »Heute ist alles Tom Cruise und die verdammte Digitaltechnik. Es gibt kaum noch Schauspieler. Wird alles per Computer gemacht.«

»Ach …« sagt sie und macht die Augen zu, die vor Alkohol fast überlaufen.

Ich weiß nicht, was sie denkt, was sie an ihr entdecken könnten.

Sie ist einfach verrückt, jawoll.

Also da hast du's. Mir Gründe auszudenken, warum sie nicht kommen kann, das wird eine Herausforderung, und immer das Thema zu wechseln, wenn sie am Telefon davon anfängt, auch. Aber wenigstens hab ich fürs nächste Mal was zu erzählen – um sie vom Thema abzulenken. Wart, bis du das hörst. Wart, bis ich dir von der Stereoanlage im Auto erzähle, verdammt. Es ist unglaublich.

Erst einmal ist es keine von diesen dämlichen Kassetten-Scheißdreck-Dingern – die Anlage nimmt nur CDs. Und *wie* sie die nimmt. Du steckst die Disc ein Stück weit in den Schlitz, und dann nimmt sie dir die ab. Sanft. Sehr sanft. Und der Rest der Disc verschwindet in dem Apparat.

Aber am beeindruckendsten ist es, wenn die CD anfängt. Wir, ich und Bob, haben uns erst gestritten, er wollte nicht glauben, daß es passiert – tat es aber.

»Leck mich …« hab ich gesagt. Ich hab es erstmal selbst nicht geglaubt. Ich dachte, es wäre irgendwie Zufall.

»Fahr langsamer«, sagte ich zu dem Kleinen.

»Was?«

»Fahr langsamer.«

»Warum?«

»Tu's einfach, verdammt noch mal.«

Also tat er's.

»Jetzt fahr schneller«, sagte ich.

»Halt's Maul.«

»Fahr schneller.«

»Was zur Hölle soll das, Peacock?«

»Fahr *schneller*.«

Er fuhr schneller.

»Jetzt fahr langsamer.«

»Verdammt noch mal, du verarschst mich doch, Mann«, sagte er.

»Tu ich nicht. Fahr langsamer und hör auf die CD.«

Er schaute mich an, mit zusammengekniffenen Augen, dann fuhr er langsamer.

»Und fahr schneller und hör auf die CD.«

»Was zum Teufel *soll* der Scheiß?«

»Hör hin«, sagte ich.

»Alles, was ich höre, bist du, wie du mir sagst, ich soll verdammt noch mal schneller und langsamer fahren. Auf was soll ich hören?«

»Wenn der Motor lauter wird, wird die CD lauter. Automatisch. Wenn der Motor leiser wird, geht auch die Lautstärke wieder runter.«

»Leck mich doch am Arsch.«

»Tut sie.«

»Tut sie nicht.«

»Tut sie doch.«

Wieder die zusammengekniffenen Augen, aber nach einem Weilchen fing er an, langsamer zu fahren. Langsamer und schneller. Schneller und langsamer. Bis es sogar mich krank machte.

»Scheiße ...« sagte er schließlich.

»Hab ich recht?«

»Du hast recht, Peacock«, sagte er. »Du hast verdammt noch mal recht. Das ist verdammte Spitzentechnologie. Das ist unglaublich.«

»In Ordnung«, sagte ich. »Bleib jetzt mal bei einer Geschwindigkeit, Kumpel. Du fängst an, mich seekrank zu machen, zum Kuckuck.«

*

Portland. Dorthin waren wir unterwegs. Dort liegt das Studio, in Portland, Oregon. Noch weiter die Westküste hoch als L. A.

Ich faltete die Landkarte auseinander, während wir auf dem Weg aus Chicago heraus im Verkehr festsaßen, und schaute nach, wohin wir wollten. Es war ein verdammt langer Weg. Der obere Teil meines Fingers ist etwa zweieinhalb Zentimeter lang, und ich versuchte herauszubekommen, wie viele Meilen wir wohl fahren mußten.

»Wir werden drei oder vier Tage brauchen«, sagte Bob. »Bis heute Abend sollten wir es in die Nähe von Minneapolis geschafft haben.«

»Ist schon ein komisches Land«, sagte ich.

»Wie meinst du das?«

»Vier Tage? Um von einer Stadt in eine andere zu kommen? Das ist ein verrücktes Land, Kumpel.«

»Das stimmt«, sagte er, und dann fragte er, welchen Highway wir nehmen müssten. »Richtung Wisconsin«, sagte er. »Wo muss ich drauf?«

Ich studierte die Landkarte und fand es.

»Highway 90«, sagte ich.

»Highway 90 …«

Wir brauchten lange, um aus Chicago rauszukommen. Der Verkehr war absolut schrecklich. Aber als wir es erstmal geschafft hatten, kamen wir gut voran, und die Felder flogen nur so vorbei.

»Ich werd dir noch was sagen, was verrückt ist in diesem Land«, sagte Bob dann. »Etwas, das du nicht sehr mögen wirst.«

»Was denn, Kumpel«, fragte ich.

»Die Grenzen zwischen den Bundesstaaten«, sagte er. »Die können schlimm sein. Manchmal sind die Kontrollen ziemlich streng, und wenn du kein Amerikaner bist, machen sie es dir gern schwer.«

Wir fuhren an einem Schild vorbei, auf dem stand: Staatsgrenze Wisconsin, 10 Meilen.

»Ich sag dir was«, sagte Bob. »Die werden dir wirklich die Hölle heiß machen, Peacock.« Und bevor ich wußte, was er tat, wurde die CD leiser, und er hatte das Auto auf den Schotter des Seitenstreifens gesteuert.

Er machte den Motor aus und warf mir einen schrägen Blick zu.

»Wie wär's, wenn wir dich durchschmuggeln«, sagte er, und ich fragte, was zur Hölle er meinte.

»Komm mit«, sagte er und machte seine Tür auf.

Ich folgte ihm, und als wir am Rande des Highway standen und der ganze Verkehr vorbei rauschte, machte er den Kofferraum auf.

»Meinst du, du kommst damit klar, Peacock?« schrie er über das Tosen der Autos hinweg.

»Ich komme mit verdammt allem klar, Kumpel«, sagte ich.

Er klopfte mir auf den Rücken.

»Das wird uns eine Menge Ärger ersparen«, sagte er. »Sonst stecken wir womöglich stundenlang fest. Und dann ist da natürlich noch der Gummihandschuh ...«

Ich machte einen Satz in den Kofferraum – oder den verdammten »Laderaum«, wie dieser Ami-Scheißer das nennt. Ich machte einen Satz hinein und rollte mich zusammen.

»Drück uns die Daumen, daß es klappt«, rief er, kurz bevor er den Kofferraum zuknallte, und ich gab ihm ein kleines Salut. Dann wurde es dunkel. Absolut pechschwarz.

Es entpuppte sich als schlechte Idee. Eine verdammt *schlechte* Idee. Ich weiß nicht, wie schnell er fuhr mit mir da drin, aber ich rumpelte auf und ab, bis ich dachte, daß jeder Knochen in meinem Körper gebrochen war, und es fühlte sich eher wie fünfzig Meilen an, bis der Wagen hielt. Nicht wie zehn.

Dann hörte ich Bobs Stimme von draußen, und ich hoffte, der kleine Scheißer würde ihnen die richtigen Antworten geben. Ich verkrampfte mich so sehr, daß ich fast einen Herzschlag kriegte, verdammt noch mal, während ich da lag und darauf wartete, daß sich der Kofferraum öffnen und mir irgendein Ami-Wachtposten seine Knarre ins Gesicht stecken würde.

Als das Auto wieder losfuhr, fiel mir ein Stein vom Herzen, aber die Erleichterung hielt nicht lang. Die ersten zehn Meilen hatten sich *angefühlt*, wie die längste Fahrt meines Lebens, aber das nächste Stück war schlimmer. Viel schlimmer.

Ich polterte so schlimm herum, daß meine eine Seite an den Kofferraumdeckel prallte, und ich dann mit der anderen Seite auf dem Boden aufschlug. Ich dachte, ich würde im Krankenhaus enden. Und schließlich war ich davon überzeugt, daß mir die Luft ausging.

Kurz bevor wir anhielten, schienen wir in immer engeren Kreisen und Achtern herumzufahren, und als Bob endlich den Kofferraum öffnete, lag ich völlig zerschlagen in einer Ecke.

Zuerst blendete mich das Licht.

»Wir haben's geschafft, Peacock«, sagte er. »Wir haben's verdammt noch mal geschafft.«

»Du hast es vielleicht geschafft, Kumpel«, sagte ich. »Ich bin total am Ende.«

Aber der Arsch lachte, als ich rauskrabbelte.

»Was ist so verflucht lustig?« fragte ich.

»Nichts«, meinte er. »Ich bin einfach froh, Peacock. Ich bin einfach froh, daß wir durchgekommen sind.«

Wir standen vor einem Lokal, in einer Straße, die nur aus Lokalen und Fast-Food-Läden und Tankstellen bestand, und Bob wollte rein und was essen.

»Kommst du?« fragte er.

»Aye, aber gib mir eine Minute, Kleiner«, sagte ich. »Ich will mich erst noch zurechtmachen.«

Ich versuchte meine Klamotten glattzustreichen, aber das war sinnlos. Ich mag das nicht. Es regt mich auf, wenn meine Sachen nicht gut aussehen.

Auf meiner Hose war Dreck vom Kofferraum, und an meinem Unterhemd hingen, verdammt, Holzspäne. Ich klopfte ab, soviel ich konnte, und dann kämmte ich mir im Seitenspiegel des Wagens die Haare.

»Komm jetzt«, rief Bob. »Du siehst gut aus. Laß uns was essen, Peacock.«

Ich ging auf ihn zu.

»Hör mal zu, Kleiner«, warnte ich ihn. »Sag *niemals*, daß ich gut aussehe, wenn ich das nicht tue. Du bist vielleicht damit zufrieden, wie eine verfluchte Junkie-Schwuchtel auszusehen, oder wie immer du deinen Look nennst. Aber ich bin stolz auf mein Äußeres, also gib mir nur eine verdammte Minute, mein Junge.«

Schließlich gingen wir rein. Ich sah immer noch aus wie ausgekotzt, aber ich hatte getan, was ich konnte.

Trotzdem machte es mich das ganze Essen lang nervös.

»Wo sind wir?« fragte ich Bob. Er aß etwas, das wohl ein überbackenes Käse-Sandwich sein sollte, aber mir einfach wie eine verdammte Explosion vorkam. Ich hatte nichts riskiert, ein bißchen Speck und Toast bestellt und machte mir das verfluchte Sandwich selbst.

»Wir sind ungefähr zehn Meilen hinter der Grenze von Wisconsin«, sagte Bob. »Ich wollte weit genug fahren, damit niemand sieht, wie du rauskletterst.«

»Wie heißt die Stadt?«

»Das ist keine Stadt. Nur ein Rastplatz.«

»Weißt du was?« sagte ich. »Ich werd diesen Idioten anrufen, der uns beide zusammengebracht hat, und ihm sagen, daß er seine zwanzig Prozent vergessen kann, schließlich hat er mich mit dem falschen Kerl zusammengebracht, verdammt.«

»Vielen Dank«, sagte Bob.

»Nichts gegen dich«, sagte ich. »Aber du weißt, was ich meine, und es gibt keinen Grund, ein Arschloch zu bezahlen. Ich bin bloß ein bißchen nervös, brauch einfach jemand, den ich zusammenscheißen kann. Ich guck mal, ob ich ein Telefon finde.«

Ich hoffte, ich hätte die Uhrzeit wieder durcheinandergebracht und würde den Arsch um vier Uhr früh aufwecken, aber er klang ziemlich frisch.

»Peacock, Mann. Wie geht's dir? Was macht die Platte?«

»Wie's mir geht? Ich werd's dir sagen, du verdammter Wichser. Du hast mich mit so einem Arschloch zusammengebracht, das genauso wenig Ahnung davon hat, wie man eine Platte macht, wie ich. Noch so ein Typ mit einer Idee, der nach Chicago gekommen ist, weil er denkt, ich könne aus *seiner* Idee eine Platte machen. Was soll das, verdammt? Du schuldest mir eine ganze Menge. *Und* ich bringe dich um, wenn ich zurück bin. Du schuldest mir was für den Flug, du schuldest mir was für die Hotels, und jetzt bin ich auf so einer verdammten *Auto*fahrt – und versuche einen Kerl zu finden, der uns helfen *kann*, eine Platte zu machen. Und weißt du was, Kumpel – wenn wir eine machen, dann kannst du deine zwanzig Prozent vergessen. *Und* ich mach dich kalt, verdammt noch mal. Du schuldest mir auch was für eine Scheiß-Maschine. Ich sag dir, was ich mit dir mache, wenn ich zurückkomme. Ich werde ...«

Und da hörte ich auf. Wie tiefgefroren. Ließ den Hörer fallen, und von dort, wo er am Kabel baumelte, konnte ich den Wichser schreien hören,

»Peacock? Peacock? Bist du da, Kumpel? Wir können doch darüber reden. Peacock? Bist du da?«

Ich rannte zurück zum Tisch, wo Bob saß, und ich packte ihn.

»Steh auf«, sagte ich. »Steh auf.«

Der Kleine schaute perplex, legte aber etwas Geld auf den Tisch und stand auf. Ich zerrte ihn zur Tür und dann zum Auto.

»Wir müssen zurück«, sagte ich. »Wir müssen zurück.«

»Warum?«

»Mach schon Bob, fahr. Wir müssen zurück.«

Er ließ den Motor an, fuhr aber nicht los.

»Was ist passiert, Peacock?« fragte er.

»Der Song«, sagte ich. »Der beknackte Song. Wir haben ihn auf der Maschine gelassen, als wir sie in den Laden zurückgebracht haben, verdammt noch mal.«

Er lachte. »Ach komm, Peacock ...« sagte er.

»Ach komm, was? Wir haben ihn auf der verdammten Maschine gelassen. Irgend ein Scheißkerl kauft sie und klaut die Idee. Wir müssen den Song da wegmachen.«

»Aber es war schrecklich. Kein Mensch wird darauf kommen, was es überhaupt sein soll.«

»Ihnen nur die Idee in den Kopf setzen ist schon zu viel. Ich diskutiere nicht darüber, Bob. Wir müssen zurück.«

Er schüttelte den Kopf. Schaute mich an. Dann fuhr er los.

Als wir auf dem Highway waren, schüttelte er wieder den Kopf.

»Wie zum Teufel sollen wir den Song von der Maschine *runter*kriegen«, fragte er.

Ich zuckte mit den Achseln.

»Du hast keine Ahnung? Das ist geisteskrank, Peacock. Ich kehr um.«

»Fahr weiter. Uns fällt schon was ein.«

»Wir haben die Platte fertig, bevor jemand diese Maschine kauft.«

»Darauf können wir es nicht ankommen lassen. Mach schon, fahr weiter.«

Irgendwann hatte ich ihn überzeugt, daß wir es machen mußten, und dann war es nur noch eine Frage des Vorgehens. Wir überlegten, nachts einzubrechen, aber dafür bräuchten wir Zeit zum Planen. Auf was wir dann kamen, war auf seine Art genauso kompliziert, aber schneller.

Zuallererst würden wir den Wagen zurückbringen – wir würden sagen, wir hätten unsere Pläne geändert und bekämen das Geld zurück. Dann würden wir mit dem Geld die Maschine noch mal kaufen.

Sobald wir den Song gelöscht hätten, würden wir sie nochmal zurückgeben – mit der Quittung – und dann wieder das Auto mieten.

»Das ist ein verdammter Alptraumplan«, sagte Bob, als wir das ausgetüftelt hatten.

»Es ist eine Katastrophe«, stimmte ich zu. »Aber es wird funktionieren. Wir müssen nur unsere Maschine zurückkriegen. Und dazu das gleiche Auto. Wir *brauchen* diesen CD-Player.«

Dann entspannte ich mich. Lehnte mich im Sitz zurück, stellte ihn ein bißchen schräg und verschränkte die Hände hinterm Kopf. Aber ich blieb nicht lange so sitzen. Etwa eine Minute. Dann schoß ich wieder hoch.

»Du verdammtes *Arschloch*«, schrie ich Bob an. Brüllte eher. Und ich schlug ihn so fest, daß er das Lenkrad losließ. Dann brüllte er.

»Peacock! Du verdammter Irrer«, schrie er. »Was zur Hölle machst du? Verdammt, du bringst uns um.«

»Verdammt, ich bring *dich* um«, knurrte ich.

»Warum?« sagte er. »Verflucht, was ist los?«

Der Wagen war ziemlich heftig ausgeschert, und ich hörte eine Menge Reifenquietschen um uns herum.

»Wir sind zurück im blöden *Illinois*«, schrie ich.

»Und?«

»Und wo zum Teufel war die Grenzkontrolle? Wir haben die verfluchte Grenze nicht einmal bemerkt. Du hast das alles erfunden.« Er guckte, bis er ein Straßenschild sah.

»Scheiße«, sagte er.

»Was zur Hölle sollte das?«

»Ich mag nicht verarscht werden, Peacock«, sagte er. »Das war, weil du mich im Hotelzimmer verarscht hast. Ich wollte dich an jeder verdammten Staatsgrenze in den Kofferraum schicken – den ganzen Weg bis nach Portland.«

Er wandte den Blick von der Straße ab und ging auf mich los. »Jetzt weißt du, wie ich arbeite«, sagte er.

Und dann schlug er zurück.

Verdammt fest.

VI

Meine Alte fand es zum Schreien komisch, allein der Gedanke an mich im Kofferraum. Ich sagte: der *Gedanke* kann vielleicht komisch sein, aber die Wirklichkeit war die verdammte Hölle.

Ich kann es noch immer nicht fassen, daß der Kleine so tief gesunken ist.

Trotzdem, man muß es ihm lassen, er hat den Mumm gehabt, das Ding durchzuziehen.

Ich sah scheiße aus, als wir zum Hotel in Chicago zurückkamen. Meine Klamotten waren eine einzige Sauerei, und außerdem hatte ich einen blauen Fleck auf der Backe, wo er mich geschlagen hatte, und sobald wir eingecheckt hatten, mußte ich mich umziehen. Ich kann es einfach nicht leiden, wenn ich so aussehe.

Es gab auch ein Bügeleisen im Zimmer, also bügelte ich meine frischen Klamotten auf, um die Knitter vom Koffer rauszukriegen. Dann fühlte ich mich schon besser.

Der Kleine übernahm es, das Geld für den Wagen zu kriegen und die Maschine noch mal zu kaufen. Nach dem, was er mir erzählt hat, war der Typ nicht besonders scharf darauf, sie ihm ein zweites Mal zu verkaufen.

»Was für Spielchen spielt ihr hier?« fragte er ihn.

»Kein Spielchen«, erwiderte Bob. »Wir haben uns einfach entschlossen, es noch mal zu probieren. Ich denke, wir sind beim ersten Mal zu streng mit uns gewesen.«

Als er sie zum Hotel zurückbrachte, machte er den Karton auf und versuchte mir einzureden, es sei eine andere Maschine, aber es war dieselbe.

Unser Song war drauf, oder, besser gesagt, unser Chaos.

Wir löschten jedes verdammte Fitzelchen davon.

»Also, seid ihr schon an der Westküste?« fragte mich meine Alte.

»Wir sind wieder in Chicago, Himmel Herrgott«, sagte ich. Ich erzählte, wir hätten Schwierigkeiten mit dem Auto gehabt, und es zum Reparieren zurückbringen müssen.

»Laß mich dich an der Westküste treffen«, sagte sie.

Ich sagte, sie solle das Maul halten.

»Wir fahren nach Portland, Maus. Das ist weiter weg von Hollywood als Glasgow von Paris. Ich hab dir gesagt, wenn wir erst einen Deal mit einer Plattenfirma haben und diese Scheibe ein Hit ist, gibt es kein Problem mehr, aber ich hab jetzt das Geld nicht.«

Es wurde still. Geschieht ihr recht, verdammt, schließlich hat sie gelacht beim Gedanken an mich im Kofferraum.

Blöde Ziege.

*

Der Kleine kriegte es irgendwie hin, die Maschine zurückzugeben und das Auto wiederzubekommen. Er sah ziemlich fertig aus danach.

»Wie hast du das geschafft?« fragte ich.

»Das willst du nicht wissen, Peacock«, sagte er und ließ sich aufs Bett plumpsen.

Vor der Sache mit dem Kofferraum wäre ich überraschter gewesen, daß es so schnell gegangen war. Aber jetzt begriff ich allmählich, daß er nicht umsonst Evil Bob hieß.

»Laß uns was essen, Peacock«, sagte er.

Wir beschlossen, erst am nächsten Morgen wieder loszufahren, also gingen wir einen Happen essen und dann runter zum Strand. Der war offenbar an einem See, dem Michigan-See, aber für mich sah der eher wie das verdammte Meer aus, ich meine, es gibt ein paar ziemlich große *Lochs* in Schottland, aber trotzdem kann man immer die andere Seite sehen. Dieses Ding hier hatte einen verdammten Horizont.

Trotzdem war es absolut großartig, und es war auch ein wunderbarer Abend. Wie mitten im Sommer, obwohl es erst März war.

»Ich hab in der Zeitung gelesen, daß das eine abartige Hitzewelle ist«, sagte Bob, als wir am Seeufer entlang gingen. »Jedenfalls hat es sie alle aus dem Winterschlaf gerissen.«

Es war irre viel los. Lauter Jogger und Sport-Geher und solche Deppen. Ein Typ überholte uns und schob im Joggen ein Baby im Kinderwagen vor sich her.

»Du bist ein Irrer«, schrie Bob, als der Kerl vorbeilief. »Ja, ich mein dich. He, Kumpel, du bist ein Irrer.«

Der Typ drehte sich um, und Bob fing an zu lachen. Dann kam ein anderer vorbei, ein Geher, und Bob lehnte sich vor, und schrie ihm ins Ohr.

»Du Irrer! Du bist ein Irrer, Mann.«

Dieser Typ drehte sich nicht um. Er ging sogar noch schneller, aber Bob platzte fast vor Lachen. Er stellte sich zwischen sie mitten auf den Weg; Radfahrer, Arschlöcher auf Rollschuhen, Jogger und diese komischen Geher, und er streckte die Arme aus wie Flügel – und fing an, sich langsam zu drehen. Ich stand da und schaute mir das Chaos an, das er anrichtete, als alle versuchten, ihn zu umkurven und den anderen auszuweichen.

»Irre!« schrie er. »Irre!«

Dann tat er so, als wollte er die vorbeikommenden Leute packen, und lachte sogar noch lauter.

Schließlich taumelte er zur Seite, ließ sich ins Gras fallen, und schnappte vor Lachen nach Luft.

»Irrer«, schrie er einem letzten Typen hinterher, und dann stand er auf und klopfte sich ab.

»Ah«, sagte er. »Das hat mir gefallen. Irre! Irre. Was für ein Leben, oder? Komm, Peacock. Mal gucken, ob wir irgendwo einen Drink kriegen.«

Wir suchten den ganzen Weg zum Hotel nach Bars ab, aber da war keine einzige. Also landeten wir wieder in der Hotelbar.

Bob lachte wieder los, als er sich mit den Drinks setzte. »Das war ein Aufstand«, sagte er und schob mir mein Bier hin.

»Bitte schön, Peacock«, sagte er. »Jetzt machen wir einen drauf.« Und er fragte, ob er mir von seinem ersten richtigen Job erzählt hatte.

»Du hast gesagt, du warst beim Bostoner Ballett«, erinnerte ich ihn.

»Ah, aber das war nicht mein erster Job«, sagte er. »Ich hab dort gearbeitet, aber mein erster Job war als professioneller Party-Boy.«

»Als was? Was zur Hölle ist das?« fragte ich. »Ist das sowas wie ein Stricher?«

»Was ist ein Stricher?«

»Eine Nutte. Eine männliche Nutte.«

»Leck mich doch«, sagte er. »Ich war ein Party-Boy. Jemand hat mich bezahlt, damit ich in seinem Nachtclub rumgehe, mich mit den Gästen unterhalte und so viele Drinks umsonst kriege, wie ich will.«

Ich lachte.

»Klingt so, als hättest du da was mißverstanden, Kumpel. Für mich klingt das so, als hättest du da drin eigentlich anschaffen sollen. War's ein Schwulenclub?«

»Halt's Maul, Peacock«, sagte er. »Es war nur ein Nachtclub, und das war mein Job. Party machen. Eine Zeit lang war das der beste Job der Welt, aber ich konnte nicht weitermachen. Es hätte mich umgebracht.«

»Wie lange hast du's gemacht?«

»Achtzehn Monate.«

»Achtzehn Monate als Nutte, hm?«

»Ich war keine Nutte, verdammt. Aber weißt du was; ich hab heut Abend Lust auf Party.«

»Party? Wir haben noch nicht mal eine Bar finden können, Kleiner.«

»Ich finde immer eine Party«, sagte er.

Aber er fand keine. Wir tranken noch ein paar Biere und gingen dann in unsere Zimmer.

»Wir hätten heut in Minneapolis sein sollen«, sagte Bob auf dem Weg rauf im Lift. »Dort hätte ich eine Party für uns gefunden. In Minneapolis gibt's immer Party.«

»Morgen abend kannst du eine für uns finden«, sagte ich.

»Werd ich«, sagte er. »Wart's nur ab. Wir hätten schon heut dort sein sollen. Kein Mensch hätte diesen Song gestohlen.«

Aber ich war froh, daß wir zurückgefahren waren und ihn von der Maschine gelöscht hatten. Deshalb konnte ich mich wieder ordentlich entspannen. Als ich in mein Zimmer kam, legte ich mich hin, machte die Glotze an und fand ein tolles Programm – irgendein Typ, der in Kanada Flußbarsche angelt. Und sie auch fängt.

Ich holte mir noch ein Bier aus der Minibar und machte es mir gemütlich, um das Programm gebührend zu genießen. Ich liebe Sendungen übers Angeln. Ich schaue sie mir auch zuhause gern an, aber das Zeug hier war wesentlich aufregender. Und nach der Sendung kam gleich die nächste. Als wäre ein ganzer Sender nur auf Sendungen übers Angeln programmiert.

Verdammt, ich war in meinem Element.

VII

Am nächsten Tag war das Wetter sogar noch besser. Es war nicht viel später als zehn, als wir in den Wagen stiegen, aber die Sonne brannte schon.

»Du bist richtig angezogen«, sagte Bob, und er hatte Recht. Ich trug kein Unterhemd und mein Hawaii-Hemd offen. Ich hatte auch meine Hawaii-Shorts angezogen und die Flip-flops.

»Hast du alles dabei?« fragte er. »Hast du dieses Mal auch nichts vergessen? Keine kleinen Zettel neben dem Bett, mit der Idee für deinen nächsten Hit? Keine Gedanken, die im Zimmer herumschwirren und sich im Kopf von jemand festsetzen?«

»Fahr, verdammt«, sagte ich, und er lachte. Und wir fuhren los.

Ich ließ das Fenster runter und steckte den Kopf raus. Der Wind tat gut, und ich guckte mich im Seitenspiegel an. Der blaue Fleck war schon fast verschwunden. Der Kleine war kein so schlimmer Schläger, wie ich gedacht hatte.

»Was soll der ganze Scheiß, der hier steht?« fragte ich. »›Im Rückspiegel können Gegenstände näher erscheinen, als sie sind.‹ Das ist ein blöder Song von Meatloaf.«

»So ziemlich«, sagte Bob.

»Wieso steht es da?«

»Um Unfälle zu vermeiden.«

»Um sie zu vermeiden? So wie ich das sehe, schaust du hin, versuchst es zu lesen, und fährst dem Auto vor dir hinten drauf.«

»Mach das Fenster zu, Peacock«, sagte er. »Es wird zu heiß hier drin.«

»Drum ist's ja offen«, sagte ich.

»Mach's zu.«

»Verdammt, es ist zu heiß.«

Er drückte auf einen Knopf und fuhr es hoch. Ich probierte, es wieder aufzumachen, aber es bewegte sich nicht.

»Was soll der Scheiß?« fragte ich. Aber dann, ganz allmählich, wurde es kühler.

»Was ist los«, sagte ich.

»Klimaanlage«, erklärte er. »Wenn die Fenster zu sind, haben wir die totale Kontrolle über die Temperatur hier drinnen.«

Ich schaute ihn an.

»Dieses Land fängt allmählich an, mich zu beeindrucken«, stellte ich fest und erzählte ihm von den Angel-Sendungen, aber das schien ihn nicht übermäßig zu beeindrucken.

Zum Mittagessen hielten wir in einem Ort namens Madison – ein Stück weiter nach Wisconsin rein, als wir am Vortag gekommen waren. Es war ein netter Ort. Bob deckte sich in einem Buchladen für Erwachsene mit ein paar Magazinen ein, und ich holte mir ein schönes Paar Hosen in einem Second-Hand-Laden. Ausgestellt und mit modischem Karomuster. »So was gibt's heute nicht mehr, Kleiner. Es ist eine Schande, aber so was wird nicht mehr hergestellt.«

Wir saßen ein Weilchen in der Sonne bevor wir aufbrachen, aalten uns in der Wärme.

»Ich glaube, ich werde diese Fahrt genießen«, sagte ich zu Bob. »Das Wetter ist einfach unglaublich.«

»Ich würde es viel mehr genießen, wenn du fahren könntest«, sagte er. »Es ginge auch schneller. Der eine könnte schlafen, während der andere fährt. So macht man so was eigentlich. Und wir bräuchten auch keine Motels.«

»Entspann dich«, meinte ich. »Das wird schon. Nimm's leicht, verdammte Scheiße.«

Auf dem Rückweg zum Auto kauften wir eine Elvis-CD, einfach, um dem alten Glen eine Pause zu gönnen. Wir hatten ihn pausenlos gespielt, seit wir den Wagen hatten, und ich wollte den Kerl nicht verschleißen.

»Laß krachen«, sagte ich zu Bob, der eines seiner Magazine durchblätterte. Dann stellte ich meine Lehne zurück, und schon waren wir wieder unterwegs.

Von da an war die Straße breit und leer, und als wir so fuhren, fühlte ich meine Augen schwer werden, und ich stellte die Rückenlehne noch ein Stück runter. Das nächste, was ich mitbekam, war, daß der Kleine mich am Arm stieß und in Minneapolis willkommen hieß. Ich war die ganze verdammte Fahrt lang weggewesen.

*

»Wach auf«, sagte Bob, und ich stöhnte. »Komm schon, Baby. Wir sind da.«

Langsam stellte ich die Lehne wieder hoch und Minneapolis kam in Sicht. Der Sitz kam ganz sanft hoch, aber als er seine Endposition erreicht hatte, schoß ich mit voller Kraft nach vorn.

Ich guckte mich um.

»Was zum *Teufel* ...« sagte ich.

»Gefällt's dir?«

»Was zum Teufel ist hier los?« fragte ich und schaute zu, wie uns ein Auto auf der äußeren Spur überholte – mit 15 Zentimeter langen *Eiszapfen* an der Karosserie. Die Seitenstreifen waren tief verschneit.

»Wo sind wir?« fragte ich. »In Rußland, oder was?«

Er lachte. »Das ist Minneapolis.«

»Wie kalt ist es da draußen?«

Er zuckte mit den Achseln, dann zeigte er auf was.

Wir fuhren gerade an einem Schild mit elektronischem Display vorbei, das abwechselnd die Zeit: 19:56 und die Temperatur anzeigte: 20 Grad Fahrenheit.

»Zwanzig *Grad*?«

»Das steht da.«

»*Zwanzig*? In Chicago waren es verdammte *achtzig*. Was sind zwanzig Grad in Celsius? Wie viel unter Null ist das?«

»Wer bin ich, Peacock? Der Wetterfrosch oder was? Es ist einfach kalt. Vielleicht minus zehn. Verflucht kalt, Baby.«

»Verdammt, hör auf, mich so zu nennen, Bob. Wo kommt das alles her, verdammte Scheiße? Ist das eine Art verrückter Traum? Muß es. Verflucht, das muß es. Ich schlaf ein und es ist Sommer, und dann ... *so was*. Und obendrein hast du auch noch angefangen, mich Baby zu nennen? Das ist ein Traum, nicht wahr? Ein verdammter Albtraum.«

»Beruhig dich, Peacock«, sagte Bob. »Beruhig

dich. Ich bin nur gut drauf. Ich komme so langsam in Party-Stimmung. Und in Party-Stimmung nenne ich jeden Baby.«

»Aber nicht *mich*.«

»Okay, okay. Reg dich bloß nicht über das verdammte Wetter auf.«

»*Nicht aufregen*? Wie soll ich mich da nicht aufregen? Schau mich doch *an*, Bob«, ich zeigte auf meine Klamotten. »Ich bin für den dämlichen *Strand* angezogen«, sagte ich.

Bob lachte.

»Du hättest mich verdammt noch mal warnen können«, meinte ich.

»Daß du für den Strand angezogen bist?«

»Daß es so wird.«

»Das wußte ich nicht, Peacock«, sagte er. »Ich hab schon mal gesagt, ich bin nicht der verdammte Wetterfrosch.«

Wir fanden ein Hotel, und Bob fuhr im Schnee auf dem Parkplatz herum. Ich sagte, er solle einen Platz ganz dicht an der Tür finden, aber es gab keinen. Er musste etwa zweihundert Meter weit weg parken.

»Ich lauf mal rüber und schau, ob sie Zimmer haben«, sagte er. Und als er – nickend – zurückkam, war er ganz blaugefroren.

»Wir sind drin«, sagte er und rannte nach hinten zum Kofferraum.

Ich stieg aus und griff mir meine Tasche. Da lagen zehn Zentimeter Schnee, und ich war, Teufel noch mal, barfuß in meinen Flip-flops.

»Lauf«, sagte Bob. »Bevor wir verrecken, verdammt.«

Also rannte ich hinter ihm her und rutschte rum wie ein Depp. Und dann passierte es. Ich stolperte über einen Eisklumpen und landete auf meinem verflixten Arsch – die Tasche schlitterte über den Parkplatz, und ein Flip-flop flog durch die Luft. Dann hörte ich einen Schrei. Die Tasche hatte Bob von hinten erwischt und ihn umgemäht. Und er landete genauso auf seinem Arsch wie ich.

Wir waren der Riesen-Brüller, als wir schließlich die Rezeption erreichten. Jeder in der Lobby hatte uns durchs Fenster beobachtet.

Laurel und Hardy, verdammt. So was Blödes.

»Offensichtlich war das nicht das Wetter, daß Sie erwartet haben«, sagte der Kerl am Empfang, als ich eincheckte.

Ich sagte kein Wort. Ich wußte, wie es weiterginge. Ich würde was sagen, und dann er: »Was?« und dann »Was?!« Dann würde ich einen Fluch murmeln, und – oh Wunder – den würde er verstehen. Dann der Stunk, dann die verdammte Knarre.

Das war es, verdammt noch mal, nicht wert, also hielt ich den Mund.

»Wie geht's dem Hintern?« fragte ich Bob im Lift auf dem Weg nach oben.

»In Ordnung«, sagte er. »Das war echt ein Schuß, Peacock, aber ich bin okay. Und du?«

Ich nickte. »Bin okay, Junge«, meinte ich. »Sowie ich mich umgezogen habe, geht's mir gut.«

Der Lift hielt mit einem Rumms in unserem Stockwerk, und wir stiegen aus.

Das alte Paar, das reinwollte, starrte mich an, als wäre ich ein verfluchter Irrer.

»N'Abend«, sagte ich. »Es ist schön geworden.«

Sie schauten sich an, huschten rein und drückten eilig auf den Knöpfen rum.

Bob gackerte los. »Ich hol dich in zwanzig Minuten ab«, sagte er.

»Laß gut sein, Junge«, meinte ich. »Ich schau mal, ob man dieses Angel-Programm hier kriegt.«

*

Naja, von da an wird die Erinnerung an Minneapolis ein wenig verschwommen. Ich trank ein paar Biere aus der Minibar, während ich mir die Angelsendung ansah, und noch ein paar mehr, als man mir im verdammt lautesten Restaurant der Welt eine unglaublich riesige Portion Rippchen servierte.

Daran kann ich mich ganz gut erinnern.

Ich weiß noch, daß ich und Bob ein bißchen Wirbel machten, weil wir wollten, daß sie den Lautsprecher über unserem Tisch leiser stellten. Und ich denke nicht, daß ich jemals diese verdammte Riesenfleischportion vergesse. Das muß ein halbes Schwein gewesen sein. Aber der Rest des Abends – wir haben alles versucht, um die Teile zusammenzusetzen. Und Bob mußte ein paar Teile mehr zusammensetzen als ich, ganz schön viel mehr. Weil er nämlich, als ich spät am nächsten Morgen in sein Zimmer kam, nicht da war, und weil er immer noch nicht zurück war, als es Zeit wurde, auszuchecken.

Ich saß in der Lobby, mit meiner Tasche und einem gewaltigen Kater und ohne die geringste Ahnung, was ich nun tun sollte. Eine Stunde später war er immer noch nicht da, und die schickten mich mit einem Schlüssel rauf, um sein Zeug aus dem Zimmer zu schaffen, damit sie für den Nächsten saubermachen konnten.

Ich stand gerade vor der schrecklichen Entscheidung, ob ich seine Unterwäsche vom Boden aufheben sollte, als er reinkam und auf dem Bett zusammenbrach.

»Oh, Scheiße …« sagte er.

»Wo bist du *gewesen*?« fragte ich.

»Oh nein …« sagte er. »Scheiße.«

»Wir müssen weg«, sagte ich. »Wenn wir nicht auschecken, müssen wir noch eine Nacht bezahlen. Los, komm mit, Party-Boy.«

Er stöhnte und setzte sich auf.

»Nun komm schon«, sagte ich. »Pack den Kram in die Tasche.«

Ich checkte für ihn aus, während er mit wackeligen Schritten die Sachen zum Auto trug.

»Wie ich sehe, sind Sie heute angemessener gekleidet«, lachte der Typ am Empfang. »Das ist eine sehr schöne Jacke, Sir.«

»Danke, Kumpel«, sagte ich. »Ich mag sie.«

Verdammt, ich liebe sie. Sie heißt wohl Afghanen-Jacke – aufgerauhtes Wildleder, mit Futter und Kragen aus Schaffell. Ich hatte eine Ewigkeit gebraucht, um sie zu finden, und sie hatte auch eine ganze Stange gekostet. Aber jetzt ist von dem Abend ein Fleck drauf, der mir Sorgen macht. Ich hoffe, meine Alte kriegt ihn raus.

Bob sah furchtbar aus, als ich zum Wagen kam. Allein sich anzuschnallen schien ihm schon Schmerzen zu bereiten.

»Na gut«, sagte er dann. »Kaffee. Wir brauchen Kaffee, Peacock. Auf geht's.«

VIII

So krank Bob auch war, wir fuhren eine lange Strecke an diesem Tag; den ganzen Weg durch Minnesota und halb durch Nord Dakota durch, wo wir in einem Ort namens Bismark übernachteten. Wir machten während der Fahrt viele Kaffeepausen, und nach der ersten Stunde – in der Bob mit riesig aufgerissenen Augen auf die Straße gestarrt und kein einziges Wort gesagt hatte – fingen wir an, Teile zusammenzusetzen.

Er brach sein langes Schweigen durch ein Kopfschütteln.

»Oh Gott …« sagte er. »Scheiße, geht's mir schlecht.«

»Wo bist du denn gelandet?« fragte ich.

»Ich weiß nicht, wo«, sagte er. »Irgendwo weit draußen, in den Vororten.«

Ich konnte mich nicht erinnern, wie ich ins Hotel zurückgekommen war, und keiner von uns wußte, wo wir uns getrennt hatten.

»Ich bin auf der Armlehne eines Sessels aufgewacht«, sagte Bob. »In diesem Haus irgendwo. In dem Zimmer schliefen ungefähr zehn Leute, und ich sah zwei Mädchen auf dem Boden pennen. Dann fiel mir ein, daß ich mit ihnen dorthin gekommen bin.«

»Gleich zwei, was?« Ich lachte. »Du *bist* der Party-Boy.«

»Oh Scheiße …« sagte er. »Oh nein … mir fällt gerade was ein, Peacock. Was Schreckliches. Oh …«

»Was du getan hast?«

»Was *wir* getan haben.«

Ich schaute ihn an.

»Nein«, sagte er. »Nein ... Geh weg.«

»Was zum Donnerwetter ist es?« fragte ich.

»Du willst es gar nicht wissen. Vielleicht irre ich mich ja.«

»Sag's mir«, drängte ich.

»Erinnerst du dich an den ersten Club, in dem wir waren?« fragte er.

»Hilf mir auf die Sprünge.«

»Er hatte verschiedene Ebenen. Es war ganz dunkel, mit diesem Scheiß-Laser-Licht und Leute haben auf den Stufen getanzt.«

Ich sah es vor mir, vage.

»Erinnerst du dich, daß wir von dort weggegangen sind und eine Bar gesucht haben?«

Das war schon wesentlich weniger deutlich.

»Wir haben ein kleineres Lokal gefunden«, sagte Bob. »Gleich erinnerst du dich. Du wirst dich erinnern, wie wir auf eine kleine Bühne in der Ecke geschaut und gelacht haben.«

Ich erinnerte mich überhaupt nicht, fühlte aber, wie etwas Unangenehmes zutage kam – so, als hätte ich einen riesig großen Stein hochgehoben, und ein ekliges Etwas, das darunter gelebt hat, krabbelte eilig davon.

»Erinnerst du dich?« fragte er.

»Lieber nicht«, sagte ich. »Aber mir schwant was Übles.«

»Das stimmt, Peacock«, sagte er. »Das stimmt total.«

Er verzog das Gesicht und dann erzählte er es mir. Ich fühlte einen scharfen Schmerz und zuckte zusammen.

»Autsch«, sagte ich.

»Laß uns niemals wieder drüber reden, Peacock. Wer weiß, was wir sonst noch gemacht haben, wenn wir schon so was gemacht haben.«

Ich sag dir, was wir gemacht haben.

Wir haben Karaoke gesungen.

Bob beschloß, eine Weile keinen Kaffee mehr zu trinken, für den Fall, daß es noch andere Erinnerungen zurückbrächte. Ich hatte inzwischen einen kleinen hellen Moment gehabt. Mir war eingefallen, daß wir diesen ersten Club nicht *verlassen* hatten, nein, wir waren rausgeworfen worden. Wegen mir waren wir rausgeflogen.

Die Musik war plötzlich von ziemlich heftigem Dance zu einem Song von Prince übergegangen, ›The Most Beautiful Girl in the World‹, und wir standen da gerade neben diesem verflucht hinreißenden Hühnchen.

Ich fragte Bob, ob ihm irgendwas davon bekannt vorkäme, und unglücklicherweise tat es das.

»Was hab ich ihr nachgerufen?« fragte ich, und er lieferte eine wirklich schlechte Parodie von mir.

»Hey, Schätzchen. Schätzchen. Das bist du, Mädchen. Dieser Song, das bist du.«

Und sie war weggegangen, und ich hinterher – durch die tanzende Menge –, während sie versuchte, so zu tun, als sei ich nicht da.

»Hey, Schätzchen«, rief Bob jetzt, steigerte sich rein. »Komm zurück, Puppe. Ehrlich, das bist du. Dieser Song. Das bist du.«

»Ich denke, ich werde mir nicht die Mühe machen, meiner Alten davon zu erzählen«, meinte ich. »Trotzdem, du warst der Glückliche – hä? *Zwei* Weiber.«

Er schüttelte den Kopf.

»Als wir zu dem Haus kamen, warteten ihre beiden Freunde draußen. Ich glaube, ich hab die ganze Nacht auf der Armlehne von diesem Sessel gehockt – und versucht, die Drogen zu überstehen, die sie mir gegeben haben.«

Ich lachte.

»Ich frag mich, was wir beim Karaoke gesungen haben«, überlegte ich.

»Das wird uns bestimmt früh genug wieder einfallen«, seufzte Bob. »Irgendwann kommt alles zurück.«

Aber da war ich anderer Meinung.

»Scheiße, es gibt Dinge, die sind mir nie mehr eingefallen,« sagte ich.

»Nie mehr?«

Ich schüttelte den Kopf. »Es gibt da eine Nacht, wegen der meine Alte immer Krach anfängt, aber ich kann mich an rein gar nichts erinnern.«

»Was ist passiert?« fragte Bob.

Also erzählte ich es ihm.

Ich war Karten spielen, bei einem Kumpel, und wir waren absolut verdammt sternhagelvoll. Komplett dicht. Und meine Alte erzählt, daß der Typ mit mir nach Hause kam, und wir dort noch ein paar gebechert haben. Dann beschloß ich anscheinend, daß es unhöflich sei, ihn alleine zurücklaufen zu lassen, also brachte ich ihn heim. Und so machten wir weiter. Hin und her, hin und her. Der Teufel weiß, wie lange.

Bob lachte.

»Das ist aber nur die Hälfte«, sagte ich und erzählte ihm den Rest.

Schließlich brachte seine Frau es fertig, ihn dazu

zu überreden, mich allein heimgehen zu lassen. Entweder das, oder er war letzten Endes zu betrunken und konnte nicht mehr laufen. Aber als ich gegangen war, rief seine Frau nach einer Weile meine an, ob ich gut zurückgekommen wäre, und ich war nicht da. Also gingen meine Alte und ein Nachbar los, mich suchen, und sie fanden mich auf der Brücke über dem Fluß. Ich lag an einer abgesperrten Stelle auf der Seite, ein Bein baumelte durch ein Loch, wo das Holz kaputt war. Und ich schlief wie ein Stein.«

»Du hast geschlafen?« sagte Bob.

»Tief und fest. Sechs Meter über dem Fluß. Offensichtlich haben sie mich dort weggezerrt und auf den Schultern nach Hause getragen, aber ich kann mich an nix erinnern.«

»An gar nichts?«

»Kein bißchen«, sagte ich. »Aber meine Alte sorgt dafür, daß ich es nie mehr vergesse.«

IX

Von Bismark nach Portland brauchten wir nochmal zwei Tage. Der erste Tag war ziemlich langweilig. Die Straße lief schnurgerade bis zum Horizont, und wir hielten erst spät in der Nacht in Butte, Montana – wo wir vor dem Schlafengehen ein paar Drinks kippten, hauptsächlich, damit der Kleine sich beruhigte.

Während der Fahrt war ihm der Arsch auf Grundeis gegangen. Trotzdem, er war verdammt selbst schuld. Dauernd hatte er gejammert, wie schnurgerade die Straße sei. Und dann zog er über mich her.

»Scheiße, daß du nicht fahren kannst, Peacock«, sagte er. »Was ist los mit dir, Mann? Warum kannst du nicht Auto fahren?«

»Oh, ich kann fahren«, sagte ich. »Ich hab keinen Führerschein, aber fahren kann ich.«

Ich bot an, ab dem nächsten Stop zu übernehmen, aber er sagte, das ginge nicht, wenn ich keinen Führerschein hätte. Aber verdammt, er machte mich verrückt – machte mich irr mit seinem ständigen Gequengel. Klang schon wie so 'ne dämliche Tussi. Also schnappte ich mir bei der nächsten Pause die Schlüssel und steckte sie ein.

»Hey, Peacock«, sagte er. »Gib sie her. Du kannst hier nicht ohne Führerschein fahren. Wir landen beide im Knast.«

Aber ich antwortete nicht. Während des Essens langte er ein paar Mal über den Tisch und wollte mir in die Tasche greifen – aber ich stieß ihn weg.

»Hörst du auf mit dem Gemaule, wenn ich sie dir gebe?« fragte ich.

»Ich hör auf«, sagte er.

»Okay. Dann geb ich sie dir.«

»Danke, Peacock«, sagte er. »Ich hab nur gemeint, es wär einfacher, wenn wir beide fahren könnten. Ist verdammt hart, alles allein zu machen.«

Ich seufzte.

»Bob ...« sagte ich.

»Was?«

»Du jammerst schon wieder, zum Kuckuck. Ich hab gesagt, ich helfe dir. Entspann dich, Junge. Laß es dir schmecken.«

Als er rauskam, saß ich schon auf dem Fahrersitz, aber er wollte nicht einsteigen.

»Beeil dich«, sagte ich. »Ich laß dich hier, verdammt.«

»Raus, Peacock«, rief er. »Gib mir die verfluchten Schlüssel. Du kannst nicht …«

Also fuhr ich los. Nicht zu schnell, nur so, daß er hinter mir herrannte.

Das Auto war verdammt einfach zu fahren. Keine Gänge. Nichts. Ich fuhr ein bißchen vor mich hin, und er rannte weiter hinter mir her, dann hielt ich an und ließ ihn aufholen.

»Steigst du jetzt ein?« fragte ich.

»Das reicht, Peacock«, sagte er. »Laß mich jetzt fahren.«

Wieder fuhr ich weg, diesmal schneller. Und als ich in den Spiegel guckte, sah ich ihn dastehen, die Hände in der Luft, besiegt.

»Scheiße«, sagte er, als er einstieg.

Aber ich kann fahren. Ich kann gut fahren. Ich hab nur die Prüfung nicht bestanden, und jedes Kind hätte dieses Auto fahren können. Bremsen und Gas geben – mehr war nicht. Und wenn man eine bestimmte Geschwindigkeit erreicht hatte, drückte man einfach auf dieses Tempomat-Dingens, und die Karre fuhr von selbst. Ich brauchte nur zu steuern. Ich kapierte nicht, warum er so gejammert hatte.

Ich kam auch schneller voran als er. Bob war dauernd so bei siebzig, fünfundsiebzig rumgeschlichen. Aber ich brachte uns in Null Komma nichts auf neunzig. Stellte das Tempomat-Dingens auf fünfundneunzig ein und fädelte mich zwischen all den anderen Autos durch, die dort rumkrochen. Ich wechselte von Spur zu Spur.

Aber sein verdammtes Gejammer wurde nur noch unerträglicher. Und schriller, fast panisch. Jedes Mal, wenn ich zu ihm rüberguckte, sah er noch blasser aus, und er schrie sogar, wenn ich von einer Spur zur anderen rüberzog, um den nächsten verdammten Fahrer zu überholen, der wie ein Freier auf dem Autostrich vorwärts kroch.

»Es reicht, Peacock«, schrie er ein paar Mal. »Genug.«

Du hättest gedacht, er säße in einer verdammten Krake auf dem Jahrmarkt, und dauernd sagte er, wenn ein Polizeiwagen uns überholte, wären wir erledigt. Aber was zur Hölle sollte ein Polizeiwagen hier draußen wollen, mitten in der Pampa. Nichts würde der hier wollen.

Trotzdem entschloß ich mich irgendwann, ihn wieder fahren zu lassen, weil sein Gejammer dann nicht ganz so schlimm war. Denn was er jetzt von sich gab, ging mir gewaltig auf den Senkel.

Ich sah ein Schild für Tankstellen und Fast-Food-Läden und beschloß, dort zu halten. Ich bog in eine langgestreckte Kurve zur Ausfahrt ein. Aber ich glaube, ich bremste nicht genug, weil die Hinterräder ausscherten und der Wagen ins Schleudern kam. Wir schlitterten zur anderen Straßenseite rüber und über die gesamte Gegenfahrbahn, und dann kamen wir oben auf der Böschung zum Stehen, aber das war okay. Auf dieser Seite war die Straße leer, also war es okay.

Wir waren auch verdammt tadellos zum Stehen gekommen, nur standen wir in der verkehrten Richtung.

»Du verdammter *Irrer*«, schrie Bob. »Du bist total *wahnsinnig*, Peacock. Raus aus dem Auto. Raus. Schieb deinen Arsch von dem verdammten Sitz, *sofort*.«

Er flippte ziemlich aus. Ich lachte ein bißchen und kletterte aus dem Auto. Da fing er an, mich auf der Böschung da oben herumzustoßen.

»Du hast uns fast umgebracht, verdammt«, schrie er. »Du gottverdammter, verrückter Scheißkerl.«

»Mach mal halblang«, meinte ich, aber er stieß mich weiter. Dann stolperte er über irgendwas und prallte mit seinem ganzen Gewicht gegen mich, und wir kugelten zusammen die Böschung runter in ein Feld.

»Himmel, Arsch und Zwirn«, brüllte ich. »Reiß dich zusammen, Junge.«

Ich wollte ihn wieder zur Straße hochschleppen, aber er hatte immer noch seinen Koller, und er trat und zerrte weiter. Dann purzelte er nochmal die gesamte Böschung runter und wieder ins Feld.

Ich kletterte ganz hoch und schaute zu ihm runter. Er lag platt auf dem Rücken, Arme und Beine schräg von sich weggestreckt, wie ein Seestern.

»Komm schon«, schrie ich ihn an. »Steh auf.«

Eine Weile antwortete er nicht, dann stieß er, immer noch ohne sich zu bewegen, platt auf dem Rücken, den so ziemlich lautesten Schrei aus, den ich jemals gehört hatte. Der Schrei schien durch die ganze Gegend zu hallen. Nur ein Wort.

»Bastard.«

Also besorgte ich ihm, nachdem er uns nach Butte gefahren hatte, diese paar Drinks, einfach damit er sich beruhigte. Und das Ganze hatte auch sein

Gutes. Am nächsten Tag jammerte er kein einziges Mal darüber, daß er fahren mußte, oder daß ich keinen Führerschein hatte. Er war so munter wie ein junger Hund, und wir kamen gut klar.

Es gab auch eine Menge zu sehen.

Kurz hinter Butte steht oben auf dem Berg eine gewaltige Statue der Jungfrau Maria. Ein irrer Anblick, sag ich dir. Aber nichts, verglichen mit der Landschaft, durch die wir später kamen.

Irgendwo hielten wir an einem Aussichtspunkt, und es war verdammt unglaublich. Man sah runter auf eine gewaltige Schlucht, die sich durch die Wüste zog, und durch die ein Fluß strömte – und wir waren hoch oben zwischen den braunen Felsen –, und noch ein Stück höher standen diese absolut durchgeknallten Skulpturen von Cowboys auf Pferden. Verdammt bizarr.

Wir fuhren durch noch mehr Wüste, und dann sah es plötzlich aus wie in Österreich, zum Henker – überall grün, mit Bäumen und mit Bergen. Ich war verdammt froh, nicht zu fahren – es gab zu viel zu gucken.

Also, das war ein guter Tag, und er war auch verdammt lang. Gegen Mitternacht kamen wir in Portland an, fünf verfluchte Tage, nachdem wir uns auf den Weg gemacht hatten. Gut, am ersten Tag waren wir nirgendwo hingekommen, aber es war eine scheißlange Zeit, im Auto zu sitzen, und ich war verdammt froh, als wir ankamen.

»Okay«, sagte Bob, als wir in unsere Zimmer gingen. »Das ist es, Peacock. Hier wird das Ding laufen. War 'ne verdammt lange Reise.«

Ich nickte.

Er schüttelte den Kopf.

»Das hast du gut gemacht«, sagte ich.

»Ich bin völlig erledigt«, sagte er.

»Das wird schon wieder«, meinte ich. »Was passiert morgen?«

»Ich ruf den Typ an, der den Kerl hier draußen kennt, und ich find raus, wann wir uns mit ihm treffen können.«

»Klingt gut«, sagte ich.

Der Lift hielt in unserem Stockwerk.

»Ruh dich aus, Kleiner«, sagte ich und ging mein Zimmer suchen. Dann wunderte ich mich über das, was ich eben gesagt hatte. »Klingt gut«? Was für eine Scheiße, dachte ich. Ich bin schon zu lang in diesem Land. Als nächstes werd ich mir dann noch so eine Drecksknarre zulegen.

X

»Endlich Freiheit!« sagte Bob, als wir am nächsten Morgen aus dem Hotel kamen. Und er zeigte unserem Wagen, der auf der Straße parkte, den Stinkefinger.

Es tat gut, einfach nur rumzulaufen und zu wissen, daß wir den Tag nicht wieder sitzend verbringen mußten.

Wir fanden was zum Frühstücken, und Bob erzählte mir von dem Telefongespräch, das er mit seinem Typen geführt hatte.

»Das Ding ist am Laufen«, sagte er. »Er hat immer wieder darauf rumgehackt, wo zur Hölle wir die letzten zwei Tage gewesen wären. Er dachte, wir würden es schneller schaffen. Aber es ist cool. Der Kerl hier wollte sowieso nicht, daß wir vor heute zu ihm kommen, also ich weiß nicht, was zum Teufel all dieses Theater sollte.«

»Ist es weit weg?«

»Nicht sehr. Ich hab eine Wegbeschreibung gekriegt. P.O. Productions. So gegen vier sollen wir dasein.«

»Vier? Was sollen wir denn bis dahin machen, verdammt?«

»Weiß nicht. Uns mal die Stadt ansehen. Was Gutes essen, statt diesem Straßenrand-Fraß, den wir die ganze Woche über gemampft haben. Ein paar trinken ...«

Wie sich herausstellte, war uns eher nach Trinken als nach gutem Essen. Und wir halsten uns ein kleines bißchen Ärger auf. Nicht zu viel allerdings – nur ein bißchen. Und das noch bevor wir überhaupt was getrunken hatten.

Nach dem Frühstück liefen wir ein wenig in der Gegend rum, versuchten rauszufinden, was wir machen sollten, und Bob ging zu einen Laden rüber, um Zigaretten zu kaufen. Ich blieb auf der anderen Straßenseite stehen, und dann sah ich zwei Typen, die ihm nachgingen.

Normalerweise kriegst du mit, wenn jemand vorhat, einen zu überfallen, aber diese Kerle hatten das überhaupt nicht im Sinn. Sie hatten was völlig anderes im Auge.

»Paß auf deinen Arsch auf, Bob«, rief ich, und das ärgerte sie. Jetzt kamen sie auf mich zu.

»Tut mir leid, Mann«, sagte der eine, mit wedelnden Handgelenken und nach Parfüm stinkend. »Wir wußten nicht, daß er schon vergeben ist, Schätzchen.«

»Junge, du bist vielleicht ein Beschützer«, sagte der andere.

»Aber das ist nett«, unterbrach der erste. »Ich mag das. Ein tüchtiger, starker Mann.«

Und er streckte die Hand aus, wollte meinen Oberarm anfassen. Ich schlug die Hand weg.

»Was zum Teufel soll das?« fragte ich.

»Oh, Junge, die *sind* aber eng miteinander«, sagte der zweite.

»Sehr eng«, stimmte der erste zu. »Wo kommst du her, Schätzchen? Du hast ja einen süßen Akzent.«

Ich werd ehrlich mit dir sein – in dem Moment hätte ich mir gewünscht, sie wären Straßenräuber. Ich hatte keine Ahnung, wie ich mit der verdammten Situation umgehen sollte. Mit Straßenräubern wär es einfach gewesen, da mußt du noch nicht mal drüber nachdenken. Du schlägst sie einfach zusammen – und dann nimmst du ihnen alles ab, was sie anderen geklaut haben. Ich hatte nicht die geringste Ahnung, was diese Kerle eigentlich wollten.

Da kam glücklicherweise Bob aus dem Laden und überquerte die Straße.

Mit einem Nicken deutete er auf mich.

»Hört zu, Jungs«, sagte er. »Das ist Peacock. Peacock Johnson. Kommt aus Schottland. Reist hier rum, und ich zeig ihm alles. Ich bin Bob.«

Er gab ihnen die Hand, und dann entschuldigte er sich für mein Benehmen.

»Er ist zum ersten Mal hier«, sagte er.

Der Teufel weiß warum, aber es schien zu wirken. In gewisser Weise.

»Das ist aber ein schöner Name, Schätzchen«, meinte der erste, an mich gewandt. »Also, dann genieß mal deinen Aufenthalt hier.«

»Und ihr beide genießt einander«, sagte der zweite.

Dann gingen sie weg und winkten uns zum Abschied zu.

»Du blöder Wichser«, flüsterte mir Bob zu, als er zurückwinkte.

»Was?«

»Du kannst hier nicht solchen Scheiß rumschreien, Peacock.«

»Aber es sah nicht gut aus«, sagte ich.

»Ich weiß. Aber wie gut sah es denn nach deiner Schreierei aus?«

»Schlechter.«

»Also.«

Ich kapierte, was er meinte.

»Versuch das nie wieder, Peacock«, sagte er, und ich versicherte ihm, ich würde nicht. Dann gingen wir was suchen, wo wir einen trinken und das Ganze vergessen konnten.

Und so hatten wir ein paar intus, als wir uns zu dem Treffen mit unserem Typen aufmachten, aber wir waren okay. Nahmen, für den Fall, daß wir uns verfahren sollten, ein Taxi – und das setzte uns an einem Eingang ab, wo ein paar Firmennamen an der Tür standen.

»Da ist es«, sagte Bob, und zeigte mit dem Finger drauf. »P.O. Productions. Zweiter Stock.«

P.O. Productions war in großen Buchstaben geschrieben – und darunter, in kleineren, stand »Portland, Oregon Productions.«

»Verdammt einfallsreich«, murmelte ich auf dem Weg zum Lift.

Ich bin mir nicht sicher, ob es in Amerika Treppen gibt, aber ich habe in der ganzen Zeit dort garantiert keine gesehen.

Als wir das Büro gefunden hatten, öffnete ein ziemlich abgerissener Typ die Tür, und ich hoffte, daß es nicht unser Typ wäre.

»Wir wollen zu Ray Stewart«, sagte Bob, und der Kerl drehte sich um. Ich atmete wieder durch, als er nach jemandem rief.

Er brachte uns in ein Büro, wo man sich vor lauter Kisten kaum bewegen konnte. Gestapelte Kisten, verstreute Kisten – und dann zeigte er auf eine andere Tür, und da klopften wir.

»Herein«, rief eine Stimme, und ich nahm an, daß es Ray war.

Und als wir hinein kamen, sah Ray gar nicht allzu abgerissen aus.

»Hallo, Jungs«, sagte er. »Was kann ich für Euch tun?«

Bob beugte sich vor, um ihm die Hand zu schütteln.

»Ich bin Bob«, sagte er. »Das ist Peacock.«

Rays Gesicht leuchtete auf.

»Meine Musik-Leute«, sagte er. »Wie geht's euch beiden?«

»Gut«, sagte Bob. »Gut.«

»Aye, prima, alter Junge.«

»Ausgezeichnet. Ausgezeichnet ... Frank!« rief er, und der abgerissene Typ steckte den Kopf zur Tür rein.

»Hol uns Kaffee, ja? Wollt ihr Jungs Kaffee? Ich brauch auf jeden Fall welchen. Okay, laßt mich mal hier sehen.«

Er kramte in einer Schublade rum, dann räumte er ein paar Sachen vom Tisch.

»In Ordnung«, sagte er. »Also, wie war die Fahrt? Das war ein ganz schön weiter Weg, was.«

»Es ging ganz gut«, sagte Bob. »Wir haben's geschafft.«

»Aye«, sagte ich. »Wir sind angekommen, Sonny.«

»Ich bin froh darüber. Sehr froh. Ah, hier ist der Kaffee. Ausgezeichnet. So – Michael erzählt nur Gutes von euch beiden. Ich freu mich auf diese Sache, freu mich wirklich.«

»Wir auch«, sagte Bob, und ich fragte mich, wer zur Hölle Michael war, der so gut über mich sprach. Ich nahm an, es war Bobs Typ.

»Ich denke, er hat euch ins Bild gesetzt, was ich so mache«, sagte Ray. »Ich hab das ganze Equipment bereitstehen, es wartet nur auf euch. Alles ist eben gerade fertig geworden.«

»Und Sie wissen, was wir geplant haben?« fragte Bob.

»Was auch immer ihr Jungs machen wollt«, sagte Ray. »Ich bin da total offen. Vertrau euch Jungs ganz und gar.«

Er nahm einen großen Schluck Kaffee und kritzelte etwas auf ein Stück Papier.

»Hier ist die Adresse«, sagte er, während er schrieb. »Und ich schreib euch auch den Weg auf, damit ihr Jungs gut hinfindet.«

Als er fertig war, schob er den Zettel über den Tisch.

»Also, dann seh ich euch Jungs dort so um acht«, sagte er. »Ist das okay für euch?«

»Ist prima, Kumpel«, sagte ich – und dann brachte uns der abgerissene Typ zur Tür.

xl

Wir tranken noch ein paar, warteten darauf, um acht da hinzugehen, aber wir schafften es dieses Mal auch, etwas von dem guten Essen dazwischenzuschieben. Und es war ein verdammt klasse Essen – in einem Restaurant nicht weit vom Hotel entfernt. Es half uns, einiges von den Drinks aufzusaugen, und wir waren nicht allzu schlecht beieinander, als wir bei der Adresse ankamen.

Das Ganze schien hauptsächlich ein Club zu sein, aber als wir nach Ray fragten, nahm uns jemand mit nach hinten durch, und dort hastete er herum.

»Ah, Jungs – Jungs …« sagte er, und wieder griff er in eine Schublade – dann kam er uns entgegen und legte mir die Hand auf den Rücken.

»Okay, kommt mit«, sagte er, und führte uns den Weg, den wir gekommen waren, wieder zurück.

Unterwegs hielt er uns einen Umschlag hin und fragte, wer ihn nehmen wollte. Zuerst hielt er ihn Bob hin, dann mir – dann zuckte er mit den Achseln und gab ihn Bob.

Dann waren wir wieder im Club, und er führte uns rüber in eine Ecke.

»Hier ist das ganze Equipment«, sagte er. »Alles da. Ihr braucht nur noch eure Platten.«

Er lachte und klopfte Bob auf den Rücken.

»Ihr Jungs richtet euch hier ein«, sagte er. »Ich hab ein paar Sachen auf den letzten Drücker zu erledigen, und dann bin ich wieder da.« Er zeigte auf den Umschlag. »So wolltet ihr es doch, oder? Die Hälfte jetzt und die Hälfte später?«

Dann verpisste er sich.

Ich runzelte die Stirn und schaute Bob an, und Bob runzelte die Stirn und schaute mich an.

»Was zur Hölle ist das?« fragte ich.

Er zuckte mit den Achseln, und ich griff nach dem Umschlag.

Machte ihn auf.

»Jesus«, sagte ich. »Schau dir das an, Bob.«

Der Umschlag war voller Geld. Einem verdammten Haufen Geld.

»Was zum Teufel ist hier los?« sagte Bob und fing an, es zu zählen. Dann hörte er auf – hörte ganz plötzlich auf – und zeigte auf etwas hinter mir.

»Dieses Arschloch ...« sagte er.

Er zeigte auf ein Poster an der Wand, und auf dem Poster stand: »Evil Bob und Peacock Johnson – Internationale DJs. Club ISIS. 14. März – 20.30 Uhr bis spät nachts.«

»Wie kommt's, daß dein Name vor meinem steht?« wollte ich wissen.

«*Was*?« schrie er. »Wovon zur Hölle *redest* du, Peacock? Was sollen wir jetzt bloß *machen*?«

»Wie viel ist in dem Umschlag?« fragte ich, und er fing wieder an zu zählen. Dann schaute er hoch.

»Tausend Dollar«, wisperte er.

»Okay«, sagte ich. »Laß uns gehen.«

»Gehen?«

Ich nickte.

»Steck's ein, und wir hauen einfach ab. Und dann bringen wir diesen verdammten Arsch-Freund von dir um.«

Er faltete den Umschlag zusammen.

»Aber wart mal«, sagte ich und dachte eine Weile nach. »Wenn wir das hier tatsächlich machen – hat er nicht gesagt ›Die Hälfte jetzt und die Hälfte später‹? Das ist noch ein Tausender ...«

»Es *machen*? Wie zur Hölle sollen wir das hinkriegen?«

»Wie schwer kann das sein?«

»Schwer. Wir haben keine verdammten *Platten*, Peacock. Dein erster Plan gefiel mir besser. Laß uns einfach von hier verschwinden.«

Ich hielt ihn zurück.

»Auf der anderen Straßenseite gibt's einen Plattenladen«, sagte ich. »Ich hab ihn auf dem Weg hier rein gesehen. Ein Second-Hand-Laden. Geh und hol ein paar Platten, und ich mach mich schlau, wie all das Zeug hier funktioniert.«

»Das ist Wahnsinn, Peacock«, sagte er. »Laß uns einfach gehen, verdammt.«

»Es gibt noch einen Tausender«, sagte ich. »Geh und kauf die beknackten Platten.«

»Nein.«

»Geh.«

»Fick mich doch.«

Da kam Ray rüber. Er lächelte uns sehr breit an.

»Wie kommt ihr Jungs voran?« fragte er. »Geht alles glatt?«

»Perfekt«, sagte ich, dann wandte ich mich an Bob. »Der Kleine geht grade den Rest der Platten aus dem Auto holen«, sagte ich, und der Kleine warf mir einen mörderischen Blick zu. Und dann ging der Kleine.

Ich konnte mich allerdings nicht lang in meinem Scheißsieg sonnen. Ein paar Sekunden später verfluchte ich das Glück des kleinen Scheißers. Es fing mit Rays Hand auf meiner Schulter an.

»In Ordnung«, sagte er. »Wir machen in fünf Minuten auf. Seid ihr Jungs fertig zum Loslegen? Da ist ein Kasten Bier für euch in der Kabine. Falls ihr noch was braucht, laßt's mich einfach wissen.«

Und dann war er wieder weg. Wie es schien, hatte er ein ziemliches Talent dafür, sich zu verpissen. Und ein paar Minuten später gingen die ganzen verfluchten Lichter aus. Ich hatte gerade mal Zeit gehabt, mir ein Bier aufzumachen, und jetzt konnte ich verdammt überhaupt nichts mehr sehen. Ich fummelte in der DJ-Kabine rum, betatschte alles mögliche und fand zum Glück eine kleine Lampe. Ich leuchtete rum und versuchte rauszukriegen, wie man das Zeug anschaltete, dann schaute ich nach oben. Der verdammte Club war schon fast voll. Um ein Haar schiß ich mir in die Hosen. Konnte mir nicht vorstellen, wo zum Teufel die alle so schnell hergekommen waren, und ich wußte, verdammte Scheiße, daß Bob ewig brauchen würde, um zurückzukommen.

Ich schaute mir an, was es da gab. Zwei Plattendecks und ein CD-Player wie aus der Raumfahrttechnik, und ein anderes verflucht kompliziert aussehendes Ding mit Knöpfen und Reglern drauf. Ich fing an zu schwitzen. Knöpfte den Afghanen auf und zog ihn langsam aus – und das war es, was mich rettete. Da war was drin – etwas beulte die Tasche aus, und mein Herz machte einen Riesensprung. Es war der große Mann. Der verflixte Glen Campbell. Meine Rettung, zum x-ten Mal.

Irgendwie kriegte ich den seltsamen CD-Player auf und legte die CD ein. Dann fand ich auf dem kompliziert aussehenden Ding einen Schalter, neben dem stand »CD«, und ich legte ihn um. Und da ging's auch schon los, schmetterte durch den Club: ›Dreams of the Everyday Housewife.‹

Ich war total hingerissen. Es war wahrscheinlich nicht das, was die da erwartet hatten, aber es war, zur Hölle, trotzdem Musik.

Verflucht gute Musik.

*

Als Bob zurückkam, war ich mit ›Galveston‹, ›Guess I'm Dumb‹ und ›Country Boy‹ durch. Ich versuchte gerade, mich zu entscheiden, was ich ihnen als nächstes geben sollte, als er in die DJ-Kabine zurückschwankte – unter dem verdammt riesigsten Stoß von LPs, den ich je gesehen hatte. Sie stapelten sich so hoch in seinen Armen, daß nur seine Augen drüber rausguckten.

»Was zum Teufel ist hier los?« wollte er wissen, als er sie auf den Boden kippte.

»Wir haben angefangen, Kumpel«, sagte ich.

»Das seh ich, aber was zur Hölle spielst du da?«

»Glen.«

»Glen *Camp*bell? Jesus Christus, Peacock. Hilf mir schnell hier drin was anderes finden. Du kannst doch bei so was nicht Glen Campbell spielen.«

»Klar geht das«, sagte ich. »Trink ein Bier. Der ganze Kasten ist für uns. Umsonst.«

Er machte sich zwischen den Platten zu schaffen und schaute dann über den Rand der Kabine.

»Wie, zum Teufel, kommst du drauf, daß das geht?« fragte er. »Hast du mal da rausgeguckt?«

»Hatte keine Zeit, Junge«, meinte ich.

»Gut, dann guck jetzt mal raus.«

Die sahen alle ziemlich verwirrt aus, mußte ich zugeben. Ja, es war schon ein ganzer Haufen Leute da, aber die meisten standen nur da und starrten zu unserer Kabine.

»Beeil dich«, sagte Bob. »Hilf mir, hier drin was zu finden.«

Also hockte ich mich zu ihm auf den Boden runter und fing an, rumzuwühlen.

»Was hat das gekostet?« fragte ich.

»So gut wie nichts«, sagte er. »Ich hab mir einfach den ganzen fünfzig-Cent-Kasten gegriffen.«

Das sah man auch, verdammt. Er hatte einen Haufen Scheißdreck gekriegt. Ich konnte absolut nichts entdecken, was ein Fortschritt zu dem gewesen wäre, was sowieso schon lief. Außerdem war die Hälfte von dem Zeugs Klassik.

»So ein verdammter Mist«, sagte ich, und Bob rührte in dem Haufen herum – fischte Heavy Metal-Platten und Aufnahmen von Amerikanischen Dichtern raus. Dann sprang er auf.

»Okay«, sagte er. »Das wird für den Anfang reichen.«

Er hatte eine Sammlung von TV-Melodien aus den 70ern im Funk-Stil gefunden und knallte sie auf eines der Decks.

»Wie funktioniert das?« fragte er mich.

Ich rückte den Schalter auf dem Ding von ›CD‹ zu ›Phono 1‹. Glen hatte gerade mit ›Gentle on my Mind‹ angefangen, aber jetzt würgte es ihm den Hals ab.

»Jesus, Peacock«, sagte Bob. »Superweicher Übergang.«

Aber der mußte gerade reden. Ließ die Nadel runter, und der Song toste mittendrin los. Dann schlitterte die Nadel über einen Kratzer und kam genau vor dem Anfang des nächsten Stücks zum Stehen.

»Trink ein Bier«, sagte ich, als der nächste Song anfing. »Wir lassen die Seite durchlaufen.«

Ich machte eins für ihn auf, aber nach einem Schluck war er sofort wieder unten auf dem Boden, kramte zwischen den Platten rum.

Er fand eine Hitparaden-Sammlung aus den 80ern, und als die TV-Melodien-Seite fertig war, legte er die Hitparade auf und wechselte immer zwischen einem dieser Songs und einem von der zweiten Seite der funky TV-Scheibe ab.

Ich sag dir – viel Auswahl war nicht dabei. Wir mußten die vier Stunden bis zum Ende der Veranstaltung mit nur einem brasilianischen Karneval-Album überstehen, mit dem Soundtrack von Grease und einer Aerobic-Platte von Jane Fonda – und so gut wir eben konnten über ihre Trainings-Anweisungen zwischen den Songs springen.

Wenn du alles zusammenrechnest, wirst du merken, daß da einfach keine vier Stunden bei rauskommen. Da bleibt eine Menge Zeit übrig.

Um die zu überbrücken, gelang Bob sogar ein bißchen was Geniales. Ihm war aufgefallen, daß einer der Songs auf der TV-Platte mit einem Schlagzeugsolo begann, und er sagte, er habe gehört, daß man eine Platte so zurückdrehen könne, daß dasselbe Stück immer wieder läuft. Also übte er das auf dem freien Plattendeck und mit Kopfhörern, bis er meinte, er würde es ordentlich hinkriegen. Und als die Platte auf dem anderen Deck zu Ende war, schaltete ich auf sein Deck um.

Ehrlich gesagt, sonderlich gut klang das nicht. Manchmal kriegte er es hin und manchmal nicht. Aber meistens stimmte es nur beinahe, und es klang nicht toll.

Trotzdem sah es da draußen nicht so schlecht aus wie vorher. Ich guckte mal kurz über den Rand der Kabine, und die meisten Leute starrten nicht mehr zu uns rauf – sie standen kreuz und quer durcheinander, quatschten und tranken. Ein paar versuchten sogar, zu Bobs verkorksten Schlagzeugrhythmen zu tanzen.

»Peacock!« rief er.

»Was?«

»Greif dir eine von diesen Klassik-Platten und krieg raus, wie beide Decks gleichzeitig laufen können.«

Ich glotzte ihn an.

»Mach schon«, sagte er. »Es könnte klappen. Wir können nicht die ganze Nacht lang nur diesen beknackten Schlagzeug-Beat spielen lassen.«

Also legte ich eine auf. Die meiste Zeit paßte es überhaupt nicht zum Schlagzeug, aber ab und zu haute es hin.

Wahrscheinlich machten wir länger damit rum, als es gut war, insgesamt vielleicht eine halbe Stunde. Aber dann kriegte Bob einen Krampf in der Hand, und der weitete sich zu einem richtigen

Scheiß-Anfall aus. Er ließ die Platte los, und plötzlich hatten wir Funk zusammen mit Klassik, und ich schnappte mir schnell das Klassikgedudel und riß es runter.

»Herrgott noch mal«, schrie Bob und wedelte mit seiner Hand rum.

Ich machte ihm ein neues Bier auf.

»Ich sag dir, was wir machen«, rief ich.

»Was machen wir, Peacock?« sagte er. »Was ist deine nächste beschissene Mega-Idee?«

»Wir sollten zum Abschluß noch etwas Glen spielen«, meinte ich. »Dem Abend was Einheitliches geben.«

»*Ein*heitliches? Was zur Hölle bist du jetzt, ein *Künstler*?«

Aber er konnte nicht richtig widersprechen, weil wir sonst nur noch Scheißdreck übrig hatten.

Ich legte ›By the Time I Get to Phoenix‹ und ›Rhinestone Cowboy‹ auf, und gerade, als ich mit ›Reason to Believe‹ begann, gingen die Lichter an. Wir hatten es geschafft, hatten die beknackte Kiste geschaukelt.

Ich schüttelte Bobs spastische Hand.

»Kein Problem, Kleiner«, sagte ich. »Überhaupt kein verdammtes Problem.«

TEIL 2

I

Sie ist auf dem Weg.

Ich hab's vermasselt.

Ich hab's vermasselt, und alles nur wegen diesem kostenlosen Kasten Bier.

Wir haben das ganze Ding leergetrunken – ich und Bob. Etwa die Hälfte davon im Club, und den Rest dann im Hotel – mit unseren zweitausend Dollar vor uns auf dem Boden ausgebreitet.

Ray hatte nicht sehr beeindruckt ausgesehen, als wir die zweite Hälfte bei ihm abholten.

»Das war ... ungewöhnlich«, sagte er.

Aber wir sagten, das sei genau das, was wir machen.

»Manche mögen es und manche nicht«, sagte ich.

»Wie bitte?«

»Das ist unser Stil«, sagte ich. »Was uns betrifft, können die Leute es mögen oder nicht, ganz wie sie wollen.«

»Was?«

Ich holte tief Luft. War mir ziemlich sicher, daß er zur Knarre-in-der-Schublade-Kategorie gehörte.

»Das ist unser Programm«, sagte Bob. »Es ist nicht für jeden Geschmack, aber wenn die Leute es mögen ...«

»Hm«, sagte Ray, aber er bezahlte uns trotzdem.

Wir gingen durch den Club zurück und holten das Bier, dann schauten wir auf den Plattenstapel. Erst wollten wir ihn einfach dalassen, aber dann entschieden wir, daß das vermutlich nur Ärger geben würde, also nahmen wir ihn mit.

»Wer zum Teufel ist dieser Michael?« fragte ich Bob, der langsam durch die Straße fuhr, auf der Suche nach dem Hotel.

»Ein Arschloch«, sagte Bob. »Ich dachte, er wär ein Freund.«

»Wer ist er?«

»Nur ein Typ, den ich aus New York kenne. Spielt in ein paar Bands. Wenn er unterwegs war, bin ich hin und wieder mit seiner Freundin ausgegangen, aber ich hab nicht gedacht, daß er davon wußte. Muß es wohl doch spitzgekriegt haben.«

»Also deswegen diese Sauerei hier?«

»Ich glaub schon.«

»Scheiße ...« sagte ich. »Trotzdem, ich wette, der hat keine Ahnung, was wir heute Nacht eingesackt haben.«

»Da wette ich meinen Arsch drauf«, lachte Bob.

Und so tranken wir das restliche Bier im Hotel und kriegten in unserem Suff überhaupt nicht mit, daß wir jetzt niemanden mehr hatten, der uns diese verdammte Platte machen konnte. Und dann, als Bob in sein Zimmer gegangen war, überschlug ich kurz die Zeitverschiebung und rief meine Alte an.

Es war ein beknackter Riesenfehler. Ich war zu betrunken und zu verdammt stolz darauf, das hingekriegt zu haben, was wir halt hingekriegt hatten, und begann darüber zu brabbeln, wie toll wir waren.

»Du wirst es nicht glauben«, sagte ich. »Die finden unsere Ideen hier draußen so toll, daß sie uns sogar schon als DJs bezahlen. Rat mal, wieviel wir heute Nacht abgesahnt haben.«

»Für was?«

»Für ein paar Platten auflegen. Fünf Stunden Arbeit – wenn man das Arbeit nennen kann.«

»Wieviel?«

»Zweitausend Dollar. Zweitausend verdammte Dollar.«

Sie stieß einen kleinen Schrei aus.

»Das ist sautoll, Peacock«, sagte sie. »Also, wie bald kannst du mich rüberfliegen lassen?«

Ich vergrub den Kopf in den Händen.

»Ich ... ich werd mal schauen, Maus«, sagte ich. »Ich werd das morgen klären.«

Sie war überglücklich, verdammte Scheiße. Ich konnte sie nicht mehr beruhigen.

»Ich ruf dich morgen kurz an, wenn ich weiß, wie's weiter geht«, sagte ich. »Jetzt mach mal langsam, Maus.«

Dann legte ich auf und weinte.

*

Wir waren schon ein irrer Anblick, ich und der Kleine, mit unseren blutunterlaufenen Augen und den Wahnsinns-Kopfschmerzen am nächsten Morgen beim Frühstück. Und was für ein Scheiß-Frühstück das war. Wir teilten uns eine Kanne makrobiotischen Baumrindentee und aßen Vollkornpfannkuchen in so einem beknackten Hippie-Lokal, wo es nur Wurzeln und Sprossen gab.

»Ich kann's einfach nicht glauben«, sagte ich zu Bob. »Die läßt sich um nichts in der Welt aufhalten. Ich kann nicht glauben, daß ich's derart vermasselt hab.«

»Wir stecken sowieso schon in der Scheiße«, sagte Bob. »Was sollen wir jetzt machen? Wir stehen mit gar nichts mehr da.«

Er trank einen Schluck Tee und zuckte zusammen.

»Uns bleibt nur noch eins«, sagte ich. »Wir müssen selbst jemand finden. Jemand beauftragen. Jetzt haben wir ja das verdammte Geld dafür.«

»Das denk ich auch.«

»Wie schwer kann das sein?«

Bob zuckte mit den Achseln.

Nicht schwerer, als durch dieses Frühstück zu kommen, das war sicher. Wir kämpften verdammt damit. Und wir fühlten uns danach auch kein bißchen gesünder.

»Sollen wir hier jemand suchen?« fragte ich Bob.

Er verzog das Gesicht.

»Weiter die Küste runter läßt sich mehr machen«, meinte er.

»Wo denn?« fragte ich.

»Da gibt's nur einen Ort«, sagte er. »L. A.«

Und das war's dann.

II

»*Schau* es dir an«, sagte ich zu Bob. »Jesus *Christus*.«

Wir waren am Flughafen, dem Internationalen Flughafen von Los Angeles. Wir warteten seit verdammten drei Stunden. Trotzdem, es war irre. Eher hätten da Raumschiffe rausfliegen sollen als Flugzeuge. Es sah aus wie eine total abgefahrene futuristische Stadt.

Aber das »es«, auf das ich Bobs Aufmerksamkeit lenkte, war keine Attraktion des Flughafens – den hatten wir uns während der Warterei schon von vorne bis hinten angeschaut. Das fragliche »es« war die ehrwürdige Mrs. Johnson – meine verfluchte Alte; sie torkelte auf ihren zehn-Zentimeter-Absätzen aus der Gepäckkontrolle, trug mehr Kram, als ich dachte, daß wir besäßen, und war sturzbetrunken von den Freigetränken im Flugzeug.

»Hilf mir mal, Peacock«, rief sie und ließ alles fallen.

Bob lief hin und hob ein paar ihrer Taschen auf.

»Schau dir an, wie meine Haare aussehen«, sagte sie. »Ich hab sie machen lassen, bevor ich geflogen bin. Es sah so hübsch aus. Alles nett und aufgefönt. Schau's dir jetzt an. Es ist *zusammengebrochen*. Und ich bin im Flugzeug auf dieser Seite hier eingeschlafen. Wie seh' ich bloß aus? Du könntest mir dein Haarnetz leihen«, sagte sie zu Bob. »Hallo übrigens. Du mußt der kleine Irre sein.«

»Evil«, sagte ich. »Evil Bob.«

»Hallo, Evil Bob«, sagte sie. »Ich bin Beverly. Nenn mich Bev. Du hast recht, Peacock. Er sieht echt jemand ähnlich. Jemand Berühmtem. Gott, war das ein Scheiß-Flug. Vor achtzehn Stunden bin ich von zuhause weg. Und dann hatte der dämliche Flieger drei Stunden Verspätung. Seid ihr schon lange da?«

»Aye«, sagte ich. »Drei Stunden.«

Ich hob zwei weitere Taschen auf und wir gingen nach draußen zum Auto.

Als wir rauskamen, schnappte sie nach Luft.

»Mein Gott«, sagte sie. »Es ist ja knallheiß, Peacock. Du solltest mal sehen, wie es daheim in Glasgow ist. Am Mittwoch hat es *geschneit*. Verdammt eiskalt, sag ich dir. Oh, aber das hier ist herrlich. Ihr müßt hier eine tolle Zeit gehabt haben. Wo ist deine Bräune, Peacock? Du bist immer noch so weiß wie ich. Was habt ihr nur *gemacht*?«

»Wir haben gearbeitet«, sagte ich. »Übrigens sind wir gerade erst hier angekommen. Es war nicht überall so.«

»Ich bin total kaputt«, sagte sie. »Wie weit ist es bis zum Hotel, Peacock? Ich werd mich hinlegen müssen, wenn wir dort sind.«

»Vielleicht vierzig Minuten«, sagte ich, und wir stopften sie auf den Rücksitz, zusammen mit den meisten von ihren Taschen. Im Kofferraum war nicht genug Platz dafür, und es war kein kleiner Kofferraum. *Ich* hatte darin Platz gehabt, verdammte Scheiße. Aber für Bevs Taschen war nicht genug Platz.

»Was zur Hölle hast du da drin?« fragte ich.

»Nur meine Sachen«, sagte sie, schob alles um sich herum zurecht und versuchte einen Platz zum Sitzen zu finden.

Als wir losfuhren, kriegte sie es auch irgendwie hin, sich so zurechtzurücken, daß sie den Kopf zu uns nach vorn stecken konnte, zwischen meinen und Bobs Sitz, und schon legte sie wieder los.

»Ist es der Kerl, der Frazier spielt?« fragte sie.

»Was?«

»Ihr wißt schon, im Fernsehen. Die Serie über den Psychiater. Ist es der Kerl, der ihn spielt?«

»Wo?«

»Dem er *ähnlich* sieht. Ist es der, dem der kleine Irre ähnlich sieht?«

»Ich hoffe nicht, verdammt«, sagte Bob.

»Trotzdem siehst du ein bißchen so aus. Eine dünnere Version davon. Mit Haaren.«

»Und einem anderen Gesicht«, sagte ich.

»Trotzdem sieht er ein bißchen so aus.«

»Nee«, sagte ich. »Es ist jemand anders.«

Wenige Minuten später schnarchte sie. Laut. Es klang nicht sehr erfreulich, aber ich sagte Bob, er solle es genießen.

»Das könnte die einzige Pause sein, die wir kriegen«, meinte ich.

Und wir hatten Glück. Es hielt so ziemlich den ganzen Weg bis zum Hotel an – mit nur einer Unterbrechung, als sie plötzlich wieder zwischen unseren Sitzen auftauchte und sich im Spiegel anstarrte.

»Mein *Gott*«, sagte sie. »Schaut euch an, in welchem Zustand ich bin.«

Und dann war sie wieder eingeschlafen.

Im Hotel stöhnte sie den ganzen Weg bis zum Zimmer rauf, halb schlafend, mit einsetzendem Kater, und ich brachte sie ins Bett und schaltete die Klimaanlage ein.

Dann ging ich raus, um mit Bob am Rand des Swimmingpools zu sitzen. Zu entspannen und ein wenig Ruhe zu kriegen, bevor der Abend anfing.

*

Wir hatten einen Haufen Dinge in Gang gesetzt, seit wir in L. A. angekommen waren, ich und Bob. Wir hatten ein paar Leute gefunden und ein paar Dinge ausgearbeitet, und es war nicht schwer gewesen. Es war verdammt einfach in L. A. Immer wieder sagte ich zu Bob, daß wir gleich von Anfang an hätten herkommen sollen. Es war irre viel los hier, so viele Leute, die probierten, ihr Zeug auf die Reihe zu kriegen. Und es gab haufenweise Leute, die hergekommen waren, um Stars zu werden, mit all ihren unterschiedlichen Talenten, und daher ist es kinderleicht, jemand zu finden, der genau das machen kann, was du brauchst. Jemand, der noch kein Star ist – und der jede Arbeit annimmt, allein wegen der Kohle.

Es gab Hunderte von Leuten, die was zu tun suchten, also hatten ich und Bob unseren ersten Typen ziemlich schnell gefunden. Dazu brauchten wir nur den hinteren Teil der Zeitung durchzusehen, und ehrlich gesagt, hätten wir eigentlich nicht mal das tun müssen. Da hingen Zettel an Laternenmasten und an Abfalleimern und an Zeitungsautomaten, auf denen stand, »Ich kann das und das. Brauchen Sie mich?«

Blätter mit vorgeschnittenen Zettelchen am unteren Ende, zum Abreißen, mit Name und Telefonnummer drauf.

Aber wir gaben uns etwas Mühe und fanden unseren Typen im hinteren Teil der Zeitung. Oder besser: in einem kostenlosen Kunst-Magazin.

Da stand so was wie – »Machen Sie aus Ihrer Idee einen Hit.« Irgend so was verflucht Blödes. Aber wir riefen da an und gingen hin.

In einem kleinen Zimmer mit einem Haufen Computern und Maschinen drin saß ein einzelner Typ. Es sah nicht aus, als wär er schon lange dort, alles schien ziemlich neu zu sein.

»Also, was wollt ihr machen, Jungs?« fragte er. »Seid ihr eine Band?«

»Sehen wir wie eine Band aus?« sagte ich.

»Was?«

»Sehen wir ...«

»Wir sind keine Band«, sagte Bob. »Wir haben eine Idee, die wir zu einer Platte machen wollen.«

»Okay.«

»Es gibt da einen bekannten Song, aus dem wir eine Dance-Platte machen wollen.«

»Mhm-hm. Das läßt sich machen. Welcher Song denn?«

»Das können wir dir jetzt noch nicht sagen«, sagte ich.

»Was?«

»Wir sind ...«

»Wir wollen nicht, daß jetzt schon jemand anders von der Idee erfährt«, meinte Bob.

»Mhm-hm. Okay. Also«, sagte er, »habt ihr Jungs die einzelnen Tracks auf DAT?«

»Ob wir was haben?«

»Ob ihr jeden Track einzeln habt, von den Master-Bändern? Ist das eine Sache, an der die Original-Künstler beteiligt sind, oder ist es eine Sache, an der ihr selbst arbeitet?«

»Es ist unsere eigene Idee«, sagte Bob.

»Und ihr habt die Tracks nicht einzeln?«

»Alles, was wir haben, ist die Idee, Kumpel.«

»Wie bitte?«

»Alles, was wir haben ...«

»Wir haben die Original-Platte und die Idee«, sagte Bob. »Das ist alles.«

»Schön. Kein Problem. Also, es gibt zwei Möglichkeiten, wie wir das machen können. Die erste Möglichkeit wäre, die Original-Platte so zu nehmen, wie sie ist, und dann die Toneffekte, die ihr haben wollt, dazuzumischen. Ich kann nicht sagen, wie gut das wird, ohne zu wissen, um welche Platte es sich handelt, aber es wäre der billigste Weg. Wenn ihr das Stück nur für euch selbst wollt, um es in ein paar Clubs zu spielen, dann würde ich meinen, daß man es so machen sollte. Aber wenn ihr mehr damit machen wollt, dann kriegt ihr Ärger. Falls ihr keine Genehmigung vom Künstler und dem Label habt, könnt ihr das Ding nicht rausbringen.«

»Was ist die andere Möglichkeit?« fragte Bob.

»Die andere Möglichkeit ist teurer. Ihr müßtet das Stück noch mal ganz neu aufnehmen, und dann dazumischen, was ihr dazuhaben wollt.«

»Wie würden wir das anstellen, verdammt?« fragte ich.

Er guckte mich an.

»Wie würden ...«

»Wir sind beide nicht vom Fach«, sagte Bob. »Wie würden wir das anpacken?«

Der Typ lächelte.

»Ihr laßt es jemand anders für euch machen«, sagte er. »Hier geht das nicht, aber ich kann euch mit Leuten zusammenbringen, wo es geht, und dann bringt ihr eure einzelnen Tracks zu mir, und wir setzen sie zusammen, wie immer ihr wollt, und wir mischen die Beats dazu, so wie ihr sie braucht. Ihr müßt die im anderen Studio auch nicht in eure Idee einweihen«, sagte er. »Die gehen nur davon aus, daß ihr eine Cover-Version macht, mehr nicht. Also werden sie euren Hit auch nicht klauen.«

Er lächelte wieder und gab uns dann eine Adresse, einen Namen und eine Telefonnummer.

»Die arbeiten gut dort«, sagte er. »Sie werden gute Musiker für euch finden und euch vernünftige

Preise berechnen. Ihr müßt ihnen nur sagen, daß ihr ein separates DAT von jedem Track braucht, wenn ihr fertig seid. Hier, ich schreib euch das auch mit auf.«

Er nahm den Zettel zurück und kritzelte wieder drauf rum. Dann gab er uns die Hand.

»Woher kommst du?« fragte er mich, als wir gingen.

»Schottland«, sagte ich.

»Wie bitte?«

»Schottland«, sagte Bob.

»Wirklich? Das ist fantastisch. Ich mag deinen Akzent sehr. Ehrlich.«

»Dank dir, Kumpel«, sagte ich.

Ich muß dir wohl nicht erzählen, was er daraufhin sagte.

III

Draußen am Pool ruhten ich und Bob uns etwas aus, versuchten, auf den Sonnenliegen ein bißchen Schlaf zu kriegen. Wir mußten diese Nacht ins Studio, und es würde eine lange Nacht werden. Neun Uhr abends bis neun Uhr morgens. Wir hatten es geschafft, es für diese Zeit um Längen billiger zu kriegen, und ich hoffte nur, daß es verdammt noch mal gutginge. Sogar bei den niedrigen Nachtpreisen konnten wir uns nur diesen einen Versuch leisten.

Wir hatten dem Typ dort den Song genannt, den wir aufgenommen haben wollten, und er sagte, er könne die richtigen Leute dazu finden, kein Problem.

»Find jemand für uns, der es wirklich singen kann«, sagte ich. »Wir wollen keinen dämlichen Milchbubi. Wir wollen jemand, der es singen kann, wie Glen.«

Er sagte, ich solle mir keine Sorgen machen, er kenne den richtigen Kerl.

»Du wirst nicht enttäuscht sein«, meinte er, und dann hatte er uns herumgeführt, und wir hatten den Termin gemacht.

Als ich da draußen auf der Sonnenliege ein Nickerchen machte, träumte ich dauernd, alles würde schiefgehen. In einem Traum hatte keiner der Musiker den Song je gehört, und wir konnten auch keine Aufnahme davon finden. Ich versuchte ihnen zu erklären, wie sie es spielen sollten, aber jedes Mal, wenn ich den Mund aufmachte, sagten sie nur,

»Was?« oder »Wie bitte?«

Sogar in dem verdammten Traum …

Dann hatte ich einen, in dem alles gut ging. Es klang klasse. Aber während wir es uns anhörten, kam Glen höchstpersönlich reingeplatzt. Er hatte gehört, was wir vorhatten, und er war darüber nicht glücklich.

»Peacock!« schrie er, als er reinraste. »Peacock!«

Ich wachte auf, aber das Geschrei ging weiter.

»Peacock!«

»Peacock!«

Ich versuchte rauszukriegen, wo zur Hölle ich

war, und schaute, immer noch halb beduselt, nach oben, von wo das Geschrei zu kommen schien. Und alles, was ich sehen konnte, war ein verdammt riesiger Wasserstrahl, der auf mich herunterstürzte. Er traf mich mit einem richtig deftigen Knall, und ich sprang, klatschnaß und fluchend, von der Liege.

Ich hörte, wie meine Alte da oben vor sich hingackerte.

»Peacock, du fauler Bastard«, rief sie. »Zeit, aufzuwachen. Das hier ist Hollywood. Keiner schläft je in Hollywood.«

»Du blöde Kuh«, schrie ich zurück.

Bob lachte auch, aber nicht lang. Während ich mich abschüttelte, kam ein neuer Strahl herunter und landete auf ihm.

»Scheiße ...« prustete er und schüttelte sich wie ein Hund.

Wir rannten ins Hotel und in den Lift, aber bis wir zum Zimmer kamen, hatte sie sich im Bad eingeschlossen.

»Raus da«, schrie ich, und sie gackerte wie eine verrückte Hexe und wollte die verdammte Tür nicht aufmachen.

»Laß mich in Ruhe«, schrie sie zurück.

Also ging Bob in sein Zimmer, um sich umzuziehen, und ich schlüpfte aus den nassen Sachen.

»Ich brauch ein Handtuch«, rief ich dann. »Mach die blöde Tür auf.«

»Nein.«

»Komm schon, ich bin patschnaß, verflucht.«

Ich hörte es ein wenig rumoren da drin, und dann hörte ich, wie das Schloß klickte, aber die Tür ging nicht auf.

Langsam drückte ich dagegen und ging rein. Sie

stand an der Badewanne, mit dem Duschkopf in der Hand. Sie hatte ihn von der Wand geholt und hatte eine Hand auf dem Wasserhahn liegen.

»Bleib ja weg«, sagte sie. »Nimm dein Handtuch und dann raus. Ich hab keine Hemmungen, dieses Ding zu benutzen.«

»Du bist verrückt«, sagte ich und schnappte mir ein Handtuch.

»Bleib, wo du bist«, sagte sie, aber sie drehte trotzdem auf. Der Strahl traf mich von hinten und ich rannte raus.

»Du bist eine verdammt verrückte Frau«, schrie ich, und sie fing wieder an zu gackern. Ich hörte, wie sie sich abmühte, den Duschkopf an die Wand zurückzustecken und dann kam sie raus.

»Was, zum Teufel, soll denn das?« fragte ich. »Du bist ja nicht ganz dicht.«

»Aber du liebst mich trotzdem«, sagte sie. »Stimmt's, Peacock?«

Sie fing an, in meinen Haaren herumzuwühlen, während ich mich abtrocknete.

»Ach, mein kleiner Peacock«, sagte sie. Und sie pflanzte diese blöden großen Küsse auf mein Gesicht und zog an meinem Kopf rum.

»Er liebt seine Bev, nicht wahr Peacock? Kleiner Peacock.«

»Laß los«, sagte ich, aber das war gar nicht nötig. Sie hatte sich nämlich im Spiegel gesehen, und schon war sie auf dem Weg dorthin, um sich genauer zu betrachten.

»Jesus Christus«, sagte sie. »Guck mal, wie meine Scheiß-Haare aussehen. Das ist eine Katastrophe. Hier bin ich, in Hollywood, und guck dir mal meine Haare an. Und es hat mich auch noch ein verdammtes Vermögen gekostet. Fünfzig Eier. Fünfzig Eier, und ich seh aus wie eine beknackte Schlampe.«

Sie zerrte an einzelnen Strähnen herum, während ich mir ein sauberes Hemd und Unterhemd und ein anderes Paar Shorts holte.

»Was hast du heute abend überhaupt für uns geplant?« fragte sie. »Können wir uns ein paar Filmstudios anschauen? Ich will diese Straße sehen, wo all die Sterne im Bürgersteig sind. Aber ich hab gelesen, daß es auch Führungen durch die Studios gibt. Was willst du zuerst machen?«

»Ich und der Kleine müssen arbeiten«, sagte ich. »Ich hab dir gesagt, daß das hier kein verdammter Urlaub ist.«

»Was macht ihr?« fragte sie.

»Wir überwachen den ersten Teil der Aufnahmen.«

»Überwachen? Was zur Hölle weißt du schon vom Überwachen, Peacock? Trotzdem, könnte interessant werden. Haben die in diesem Studio die Musik für irgendwelche Filme aufgenommen?«

»Woher zum Teufel soll ich das wissen?«

»Ich wette, sie haben. Oh, ist das aufregend – denk bloß mal, was die dort gemacht haben könnten. Und dann können wir uns morgen die Straße mit den Sternen im Gehsteig ansehen und was über diese Führungen rauskriegen. Ich kann's kaum erwarten. Ich werd es hier lieben, Peacock. Es wird ganz toll.«

»Verdammte Scheiße …« murmelte ich.

IV

Um fünf vor neun kamen wir drei mit einem Taxi beim Studio an. Bev wollte wissen, warum wir mit einem normalen Taxi fuhren und nicht mit einer dieser Scheiß-Limousinen. Sie wollte gar nicht damit aufhören.

»Was für Leute sind das, für die ihr arbeitet?« fragte sie. »Das hier ist *Hollywood. Typisch* Peacock, bei einer Firma zu landen, die dich in einem normalen Taxi rumschickt. Das ist überhaupt nicht, was ich erwartet habe. Ich dachte, wir würden einen Fernseher hier drin haben und lange Ledersitze. Einen kleinen Kühlschrank voller Champagner – und all die Sachen, die wir brauchen, um uns Cocktails zu mixen.«

Sie hatte trotzdem so einen bescheuerten Cocktail dabei. Den hatten sie ihr in dem Lokal gemacht, wo wir gegessen haben. Nannte sich ein Humphrey-Scheiß-Bogart. Sie kam gar nicht über den Namen weg. Das Zeug sah genauso aus wie all die anderen Cocktails, die sie je getrunken hat, so komisch neonblau. Wahrscheinlich war auch dasselbe drin. Aber sie fand ihn toll, weil er ein Humphrey-Scheiß-Bogart war, und sie hatte einen davon mit zum Studio nehmen wollen, also hatte ich für das verfluchte Glas bezahlt.

»Entschuldigen Sie bitte«, sagte sie auf dem Weg dahin zum Fahrer. »Könnten Sie in den Kurven langsamer fahren, ich möchte meinen Drink nicht verschütten.«

»Hier drin ist Trinken nicht erlaubt, Lady«, sagte er.

Sie glotzte mich an.

Sie schüttelte den Kopf.

Und dann fing sie wieder an, darauf herumzureiten, daß wir in einem normalen Taxi saßen.

Als wir schließlich zum Studio kamen, knallte sie die Autotür zu, und klemmte dabei das Ende ihrer unglaublich lächerlichen Federboa ein, die sie umhängen hatte. Da fuhr der Kerl langsam an.

Sie mußte ihm nachrennen, schwankte auf ihren Absätzen, hielt den Humphrey-Scheiß-Bogart in der hocherhobenen Hand, und schrie: »Langsam. Anhalten. Langsam. Hilf mir, Peacock. Halt ihn an. Anhalten.«

»Warum zur Hölle hast du das überhaupt an?« fragte ich, nachdem er das Ding losgemacht hatte, und sie zurückgewankt kam.

»Ich hab nicht gedacht, daß wir in einem verfluchten Taxi fahren würden«, sagte sie. »Ich dachte, wir würden für Leute mit ein bißchen mehr *Klasse* arbeiten. Aber ich hätte es wissen müssen. Ich hätte wissen müssen, auf was für Scheißsachen du dich einläßt.«

Die Federboa war pink. Das Oberteil, das sie trug, grün und orange. Die Hosen braun. Ausgerechnet sie mußte von Klasse reden.

»Wenn wir in einer Limousine gefahren wären, hätten sie dich rausgeworfen, so beschissen wie du aussiehst«, sagte ich, als wir reingingen, und sie warf mir einen finsteren Blick zu.

Gerry, der Typ, dem der Laden gehörte, war schon da, wartete auf uns und führte uns in die Lounge. Bev hängte sich wie eine blöde Klette an ihn und fing an, sich in allen Einzelheiten über die Limousine auszulassen, in der uns unsere Firma hergeschickt hatte.

»Sie war um Etliches größer, als wir gebraucht hätten«, lachte sie. »Aber wer will sich schon beschweren? Ich hab mir da drin auch diesen kleinen Drink gemixt. Ich bin sicher, es macht denen nichts aus, daß ich das Glas mitgenommen habe. Denken Sie, daß es denen was ausmacht?«

»Was zur Hölle soll denn das?« flüsterte ich ihr zu, als er wegging, um was zu kontrollieren.

»Du willst doch nicht, daß er weiß, für was für einen Verein du wirklich arbeitest«, sagte sie. »Sonst behandelt er dich noch wie ein Stück Scheiße.«

»Wahrscheinlich hat er uns in dem dämlichen Taxi ankommen sehen«, sagte ich. »Das ganze verdammte Theater, das du da draußen abgezogen hast, muß ja jeder mitgekriegt haben.«

»Halt's Maul, Peacock ...« sagte sie.

Als er zurückkam, fragt ihn Bob, ob die Musiker schon da wären, und er sagte, der Drummer sei gerade beim Aufbauen.

»Der Klavierspieler und der Gitarrist sind auch da«, sagte er. »Und der Bassist – falls man einen Bassisten überhaupt Musiker nennen kann. Wir warten nur noch auf den Sänger und den Typ, der die Parts der Streicher übernehmen wird – dann stellen wir die Mikros auf, und dann sind wir schon fertig. Kommt mit durch zum Kontrollraum.«

Er hielt uns die Tür auf und stellte uns drinnen einem andern Typen vor.

»Spike ist mein Aufnahmeleiter«, sagte er. »Falls ihr irgendwas braucht, sagt's nur. Er wird euch gerne jeden Wunsch erfüllen. Absolut jeden. Ist doch so, Spike?«

Spike nickte.

Durch ein großes Fenster sah man in einen anderen Raum, in dem der Drummer gerade aufbaute und die anderen Musiker auf ihren Instrumenten rumklimperten.

Gerry drückte einen Knopf auf einem Pult, das nur aus einem verdammten Haufen Knöpfe bestand.

»Jungs«, sagte er. »Kommt mal eine Minute rüber, um die Leute kennenzulernen, die euch heut nacht bezahlen.«

Also legten sie alles weg und kamen rüber. Bev drängte sich vor und hob die Hand ganz hoch in die Luft für irgendeine verdammt lächerliche Art von Bessere-Leute-Händedruck, während sie gleichzeitig noch immer an dem Cocktail nippte.

Alle vier sahen ziemlich verwirrt aus, aber sie schüttelten ihr trotzdem die Hand.

»Jungs«, sagte Gerry. »Das ist Beverly. Und diese zwei Burschen sind Bob und Peacock.«

Auch wir gaben uns die Hand.

»Rob am Schlagzeug, Eddy an der Gitarre, Marshall am Klavier und Mark am Baß«, sagte Gerry. »Diese Jungs sind die besten, die es gibt.«

Wir wußten, daß er Scheiße laberte, weil wir wußten, was wir ihnen dafür bezahlten, die ganze Nacht über aufzubleiben. Aber wir taten trotzdem so als ob.

»Es ist nur eine Schande, daß ihr keinen besseren Song zu spielen kriegt«, sagte Bev zu ihnen, und sie lachten.

»Was zur Hölle redest du da?« fragte ich. »Du magst den Song.«

»Ich mag ihn, Peacock«, sagte sie. »Aber es wird schon recht anstrengend für sie werden, sich das Ding die ganze Nacht lang anhören zu müssen.

Ich *weiß* das. Ich muß es oft genug tun, wenn du mal wieder eine deiner Launen hast.«

»Welche Musik magst du denn?« fragte der Drummer.

»Oh, ältere Sachen«, sagte sie, und ihre Stimme wurde weich. »Ich mag Sänger mit ein bißchen Klasse. Dean Martin, Tony Bennet. Frank.«

»Das sind gute Sachen«, sagte der Drummer.

Dann gingen sie wieder in ihren Raum zurück.

»*Glen* hat Klasse«, sagte ich. »Glen hat eine verdammte Menge Klasse.«

»Be*ruhige* dich, Peacock«, sagte sie. »Beruhige dich. Du und deine verdammte Besessenheit. Spike ...«

Der Assistenten-Kerl guckte hoch.

»Ich frage mich«, sagte sie. »Meinst du, du könntest mir noch einen Cocktail machen?«

»Klar«, sagte er. »Kann ich. Was willst du denn drin haben?«

»Oh, ist mir egal«, sagte sie. »Solange es nur lecker ist.«

Er ging mit dem leeren Glas weg, und während er weg war, kam der Typ für die Streicher-Partien.

»In Ordnung«, sagte Gerry. »Jetzt warten wir nur noch auf den Sänger. Ich fang schon mal an, die Mikros aufzustellen, und wenn er kommt, können wir gleich loslegen.«

V

Um ein Haar hätte ich mir in die Hosen geschissen. Ich hab gedacht, er wäre es.

Ich drehte mich zu Bob um, und er starrte ebenfalls.

Bev kümmerte sich einen Scheiß drum, natürlich. Sie quasselte Spike voll, über den Cocktail, den er ihr gebracht hatte.

»Er ist so weich«, sagte sie. »Köstlich.«

Aber ich starrte nur mit offenem Mund.

»Hallo Jungs«, sagte er. »Ich bin Jack. Ist Gerry da?«

»Da durch«, sagte Bob.

Der Typ nickte.

»Wie soll ich euch Jungs nennen?«

»Bob«, sagte Bob. »Und das ist Peacock.«

Wir gaben ihm die Hand, und obwohl ich wußte, daß er es nicht war, fühlte ich mich wie vom verdammten Blitz getroffen. Ich war nicht mal in der Lage, mit dem Arschloch zu reden. Ich glotzte bloß.

Er hatte Glens kantiges Kinn und Glens Haare aus den 70ern. Er trug sogar Glens verdammte Klamotten.

Hatte eine Jeansjacke an, die ganz auf Cowboyhemd getrimmt war, mit einem Muster auf den Schultern, den Taschen und auf den Manschetten. Ausgestellte Jeans und Cowboystiefel. Er hatte sogar die beknackten Koteletten.

Als ich darüber nachdachte, wurde mir klar, daß sogar Glen jetzt nicht mehr so aussehen würde – schon weil dieser Kerl im gleichen Alter war wie

Glen damals. Aber würde man den beiden zusammen begegnen – Glen, so wie er heute ist, und diesem Kerl hier – dann hielte man diesen Typ hier für den echten.

»Hast du das gesehen?« fragte ich Bev, als er in den anderen Raum hinübergegangen war.

»Was?« sagte sie. »War der, der da gerade kam, der Sänger?«

»Aye. Hast du ihn gesehen?«

»Er sah aus wie eine verdammte Riesen-Schwuchtel«, sagte sie.

»Sah er verdammt noch mal nicht«, flüsterte ich. »Er sah genauso aus wie *Glen.*«

»Das meine ich, Peacock. Du bist besessen, weißt du. *Besessen.*«

Ich gab's auf. Drehte mich zu Bob um.

»Was sagst du dazu?« fragte ich.

»Ich wär fast ausgeflippt«, sagte er. »Das war verdammt unheimlich.«

Und es wurde noch unheimlicher. Als Gerry wieder rüber kam, ließ er sie alle nacheinander ihre Instrumente spielen, während er diese Regler auf dem Pult herumschob. Und als der Sänger an die Reihe kam, da klang er auch genauso wie Glen. Wahrscheinlich noch mehr, als er ihm ähnlich sah.

Ich starrte Bob an und Bob starrte mich an. Bev schlürfte ihren Cocktail.

»In Ordnung«, sagte Gerry. »Gebt mir mal alle zusammen was, Jungs. Irgendwas.«

Sie fingen an, jeder mit einem anderen Song Krach zu machen, und dann hörten sie auf und lachten.

»Okay«, sagte einer von ihnen. Man konnte sie in unserem Raum reden hören, durch die Lautsprecher, aber nur sehr schwach.

»Wie wär's damit, Beverly«, rief einer, und sie begannen wieder zu spielen, wobei einer nach dem anderen im Laufe des Stücks mit einfiel. Dann fing der Sänger an, ›Strangers in the Night‹ zu singen. Das weckte die verdammte Alte auf. Sie schoß aus ihrem Sessel und tanzte – ein langsamer Tanz, mit ihrem Cocktail hoch in der Luft, und sie wiegte sich hin und her und wirbelte mit ihrer bescheuerten Federboa rum.

Der Kerl klang jetzt genauso wie einer dieser alten Sänger, überhaupt nicht wie Glen, und sie war in ihrem Element, zur Hölle. Als sie mit dem Song fertig waren, stimmten sie ›That's Amore‹ an, und sie rannte rüber in den anderen Raum und tanzte da drin weiter. Wir konnten sie durch das Fenster sehen, wie sie alleine herumtänzelte, dann, beim Instrumentalteil, forderte der Sänger sie auf, und sie walzten zusammen durch die Gegend, sie mit dem Cocktail hoch über seiner Schulter.

Als der Song zu Ende war, hörte ich sie da drin reden, aber ich verstand nicht, was sie sagte. Aber wir mußten nicht lange warten, um rauszukriegen, was es gewesen war. Die Band fing wieder zu spielen an, und dieses Mal sang sie.

›Sugar Town.‹

Sie liebt diesen Scheißsong. Es macht mich völlig verrückt, wenn ich ihn mir zu Hause in voller Lautstärke anhören muß und sie mehr schlecht als recht mitsingt.

Hier machte sie es auch nicht besser. Klang nicht besonders gut. Glücklicherweise ist es kein sehr langer Song, also war es schnell vorbei.

»Okay«, sagte Gerry dann, lachte und hielt seinen Knopf gedrückt, damit ihn alle da drüben hören konnten. »Hier sind wir soweit, Jungs. Wir können loslegen.«

Der Drummer hielt den Daumen hoch, und dann redeten sie alle noch ein bißchen. Ich konnte Bev lachen hören, und der Sänger sprach ins Mikrophon.

»Gerry«, sagte er. »Laß die Bänder laufen, und wir nehmen zuerst mal das auf, nur so zum Lockerwerden.«

»Gut«, sagte Gerry und nickte Spike zu.

Es dauerte ein bißchen, bis ich begriff – dauerte so lang, bis sie wieder spielten. Dann kapierte ich's, verdammte Scheiße.

»Ach du großer Gott«, sagte ich zu Bob.

Drei Minuten später sang Bev das verfluchte ›Sugar Town‹ für die Nachwelt. Immer wieder winkte sie mir durch die Glasscheibe zu, während sie sang und dann machte sie die Augen zu, weil sie wohl dachte, damit mehr Gefühl reinzulegen. Bei jedem Refrain hob sie ihr Glas *und* schloß die Augen – »Shoo-shoo-*shoo.*« Und rauf ging's.

Es war absolut brutal. Und sie sang es nicht mal so gut wie beim ersten Versuch. Das ganze Ding war wirklich ziemlich miserabel. Aber sie war völlig aufgekratzt, als sie wieder zu uns rüber kam. Freute sich wie ein Schneekönig. Spike brannte es für sie auf eine CD und ging ihr dann einen neuen Cocktail holen. Sie schwebte regelrecht über dem dämlichen Boden.

»In Ordnung, Jungs«, sagte Gerry, wieder mit seinem Finger auf dem Knopf. »Laßt uns mal das probieren, wofür wir hier sind.«

Und sie spielten zum ersten Mal den ›Rhinestone Cowboy‹.

Um ehrlich zu sein, wurde es eine lange Nacht, und das meiste davon war ziemlich langweilig. Als sie den Song zum ersten Mal durchspielten, war es verdammt verblüffend, einfach weil es so gut klang. Es klang verflucht unglaublich. Ich konnte es gar nicht fassen, daß sie alle einfach da drüben standen und es so runterspielten, und ich wurde ein bißchen sentimental, verdammt, als ich überlegte, daß es, wenn man in der Nacht dabeigewesen wäre, als Glen es ursprünglich aufgenommen hatte, genauso gewesen sein mußte.

Aber nachdem sie es noch drei oder vier Mal gespielt hatten, packten sie ihre Instrumente zusammen und gingen heim.

Ich dachte, es wäre alles vorbei. Dachte, wir wären fast fertig, und ich war erstaunt.

»Das wird uns wesentlich weniger kosten, als wir gedacht haben«, sagte ich zu Bob, aber damit lag ich verdammt falsch.

Als die Musiker gegangen waren, hörten wir uns mit Gerry zusammen die Aufnahmen an und suchten die beste aus – und dann schien es einfach nur weiter und immer weiter zu gehen.

Und immer weiter.

Er verbrachte unglaublich viele beknackte Stunden damit, sich jedes Instrument einzeln anzuhören, und drehte und schraubte an den Knöpfen rum. Dann verbrachte er weitere Stunden damit, ihnen allen zusammen zuzuhören – und drehte und schraubte wieder.

Irgendwann um diese Zeit wollte Bev zurück ins Hotel.

»Ich kann es nicht mehr ertragen, Peacock«, sagte sie. »Ich werd sonst verrückt.«

Und so, daß es ganz sicher alle anderen hören konnten, sagte sie:

»Kommt uns die Limousine wieder abholen, oder soll ich mir ein Taxi rufen?«

»Du solltest dir ein Taxi rufen«, meinte ich.

Also rief Spike ihr eins.

Als es kam, ging ich mit ihr raus. Nicht etwa, weil ich unbedingt bei ihr sein wollte – ich mußte nur mal von der Musik wegkommen, und von all diesem verfluchten, unaufhörlichen Knöpfedrehen.

»Welches Zimmer haben wir, Peacock?« fragte sie.

»Zwei fünfzehn.«

»Und in welcher Straße?«

»Sunset Boulevard.«

Sie kletterte ins Taxi, sehr darum bemüht, nicht einen Tropfen von ihrem neuesten Cocktail zu verschütten. Und als der Typ abfuhr, sah ich, wie sie sich vorlehnte, und hörte sie ihm zurufen, er solle ihre CD einlegen.

Verdammt armes Schwein.

VI

Wir kamen aus dem Studio und direkt in die Rushhour rein, ich und der Kleine. Das Tageslicht tat meinen Augen weh, und wir waren inzwischen auch ein bißchen betrunken.

Der letzte Teil der Unternehmung war der ödeste

von allen. Gerry hatte jedes Instrument einzeln für uns auf Band aufgenommen, und am Schluß mußten wir ihn damit einfach allein lassen und uns in die Lounge setzen.

Da war es ganz okay, es gab einen Fernseher und Sessel und – am allerwichtigsten – man konnte die Musik aus dem Studio nicht hören. Wir ließen uns von Spike ein paar Biere bringen und guckten uns was von dem Scheiß an, der mitten in der Nacht in der Glotze läuft. Dann fand Bob einen Kanal, auf dem American Football lief – also schauten wir uns das für eine Weile an.

Ein verdammt seltsames Spiel, dieser American Football. Irgendwie hat es viel mit ihren Fernseh-Shows gemeinsam; kaum geht es richtig los, hören sie wieder auf. Bei den TV-Programmen kann man's ja verstehen, weil sie einem so viel Werbung wie möglich zeigen wollen. Aber wer zur Hölle kapiert schon das mit dem Fußball. Na ja, es ist ein wenig wie das Land selbst; man fährt tausend Meilen und sieht nichts als Scheiß. Dann – plötzlich – guckt man auf etwas Unglaubliches, etwas absolut verdammt Tolles. Man wird ganz aufgeregt, und dann ist es weg. Und wieder kommt tausend Meilen nichts als Scheiß.

Während wir da drin auf die Glotze starrten, kam mir der Gedanke, daß sie die Werbung aus der Not heraus erfunden hatten, weil sie nicht in der Lage waren, zuviel auf einmal aufzunehmen und deshalb einen Grund brauchten, das Programm zu unterbrechen. Vielleicht, überlegte ich, hätten sie gleich Nägel mit Köpfen machen und das Programm genauso machen sollen wie das ganze Land ist – statt der Werbung einfach nur ein leerer Bildschirm und Stille. Das hätte verdammt viel besser gepaßt.

Trotzdem gab ich mir Mühe, das Spiel zu kapieren. Ich stellte Bob immer wieder Fragen und versuchte, es zu verstehen.

Aber er mochte nicht, daß ich es American Football nannte.

»Was zur Hölle ist damit, Peacock?« sagte er immer wieder. »Warum nennst du es so? Das ist Fußball. Einfach Fußball. Kein Amerikanischer – einfach verfluchter Fußball.«

»Für mich ist das kein Fußball, Junge«, sagte ich. »Überhaupt, sie tragen den Ball die meiste Zeit rum, verdammte Scheiße. Füße kommen fast gar nicht vor. Es ist mehr wie dieses verdammte Rugby. Außer, daß die Rüstung fehlt.«

»Solange du hier bist, Peacock«, sagte er, »nenn es Fußball.«

»Das kann ich nicht, Kumpel. Das ist kein Fußball. Das ist American Football. Fußball ist ein großartiges Spiel. Das hier ist alles Scheiße.«

»Schön«, sagte er. »Schön. American Football.« Und er fing an, mir das, was ich ihn ursprünglich gefragt hatte, zu erklären, aber als er fertig war, hatte ich immer noch nicht viel von dem Spiel begriffen.

Also tranken wir ein bißchen mehr und schauten uns ein bißchen mehr von dem Scheiß an, und schließlich kam Gerry, um uns zu sagen, daß er fertig war.

»Es war eine lange Nacht, Jungs«, sagte er.

»Da liegst du richtig, Junge«, meinte ich, und er führte uns in sein Büro.

Wir gaben ihm tausend Dollar, und er gab uns ein Band.

»Als erstes ist der ganze Song drauf, Jungs«, sagte er. »Dann ein Test-Ton und danach die einzelnen Tracks. Ich hab's alles auf die Hülle geschrieben und hab euch von dem kompletten Song auch noch eine CD gebrannt, damit ihr es euch zu Hause anhören könnt.«

Er gab uns alles, und wir schüttelten seine Hand.

»Ich denke, ihr werdet zufrieden sein«, sagte er. »Es klingt gut.«

»Cheers, Junge«, sagte ich, und wir gingen.

Während der Rushhour mit einem Taxi zu fahren, war ein bißchen wie dieser Fußball und die Fernsehprogramme. Ein paar Minuten lang geschah etwas, und dann: nichts; wir saßen einfach weiter da. Und es war wesentlich teurer, als sich diesen Sport oder die beknackten Shows anzugucken.

»Wie hast du's denn gefunden?« fragte Bob, als wir wieder mal festsaßen.

»Hat mich fast verrückt gemacht«, meinte ich, und er lachte.

»Aber ich fand's gut, solange die Musiker da waren«, sagte er. »Das war okay. Ist bestimmt nicht schlecht, einer von diesen Jungs zu sein.«

»Vielleicht«, sagte ich. »Aber mit Gerry würde ich nicht tauschen wollen. Würde mir verdammt auf den Sack gehen.«

Wir hatten uns ein paar Biere mitgenommen, und Bob machte sie auf – aber der Fahrer war viel fixer.

»Hier nix trinken«, brüllte er. »Nicht erlaubt.«

»Ach, komm schon, Kumpel«, brüllte ich zurück. »Wir haben die ganze Nacht gearbeitet.«

»Was?«

»Wir haben die ganze Nacht gearbeitet.«

»Ich versteh nix. Was?«

»Aye, na gut – na gut, Kumpel. Wir heben sie uns auf.«

»Was?«

»Keine Sorge«, sagte Bob. »Wir heben sie uns auf. Wir nehmen sie mit ins Hotel.«

»Okay. Okay«, sagte er.

Und er fuhr wieder los. Etwa fünfzehn Sekunden lang. Dann Stop.

Es wurde so schlimm, daß ich es nicht ertragen konnte, aufs Taxameter zu schauen. Für die Kohle hätten wir uns glatt eine Limousine leisten können. Aber als wir in die Nähe des Hotels kamen, lehnte Bob sich zu mir rüber und flüsterte: »Trink mal.«

»Was?«

»Trink mal aus deiner Flasche. Mach schon.«

Also machte ich es. Und während ich trank, legte er den Daumen auf die Öffnung seiner Flasche und schüttelte sie.

»Trink weiter«, sagte er zu mir, zog den Daumen weg, worauf das Bier herumspritzte.

Der Fahrer trat auf die Bremse.

»Raus mit euch«, schrie er, und Bob stülpte seinen Mund über den Strahl und fing auch an zu trinken. »Raus aus mein Auto. Schaut euch die Sauerei an. Raus. Beide raus.«

»Aber wir sind fast da«, flehte Bob. »Nur noch ein paar Blocks. Bitte. Wir hören auch mit dem Trinken auf.«

Dann kam die Knarre.

»Raus mit euch«, brüllte er. »Raus aus mein Auto. Verrückte. Raus.«

»Los«, sagte Bob, und wir stiegen aus und rannten. Dann blieben wir stehen.

Bob platzte fast vor Lachen.

»Was sagst du dazu?« fragte er mich und schnaufte und lachte. »Was sagst du dazu, Peacock? Hä? Der Fahrpreis hätte seine Kinder glatt durchs College gebracht.«

»Du bist ein Genie«, sagte ich.

»Manchmal beeindrucke ich mich *selbst*«, sagte er, und er prustete wieder los.

»Trotzdem«, meinte ich. »Dabei ist eine ganze verdammte Flasche Bier draufgegangen, Junge.«

Er hielt sie hoch und schaute sie traurig an.

»Stimmt«, sagte er. »Stimmt.«

Bev schlief noch, als ich ins Zimmer kam. Sie schnarchte vor sich hin, und mit den geschlossenen Vorhängen war es dunkel wie in der Nacht, also tastete ich nach meinem CD-Player und legte mich neben sie ins Bett.

Ich war verdammt fertig, aber trotzdem setzte ich mir die Kopfhörer auf und hörte die CD an, die Gerry gebrannt hatte. Dann hörte ich mir Glens Original an. Glen hatte noch immer diesen besonderen Zauber, aber unsere klang gut. Unsere klang ganz ordentlich.

Bev bewegte sich ein bißchen, also drehte ich die Lautstärke runter und schaute sie an, bis sie wieder still lag. Dummerweise war aber Glens CD währenddessen von ›Rhinestone Cowboy‹ zu ›Marie‹ weitergelaufen, und als sich Bev ins Kissen kuschelte, war ich plötzlich froh darüber, daß sie da war.

Er regt mich immer auf, dieser verfluchte Song. Besonders, wenn ich was getrunken hab. Und bevor ich mich hinlegte, küßte ich sie auf die Stirn.

»Peacock?« murmelte sie.

»Aye, Maus«, sagte ich. »Schlaf weiter. Es ist noch früh.«

»Na gut«, sagte sie.

Ich werd dir nicht verraten, was ich dann noch zu ihr sagte, und ich hoffe, daß auch sie mich nicht gehört hat, verflixt. Dieser Bastard von einem Song. Eines Tages wird er noch mein verdammtes Ende sein ...

VII

Ist schon verrückt, wenn man drüber nachdenkt. In New York, sagt Bob, gibt's tausend Orte, wo wir das ganze Zeug hätten machen lassen können. Ich hätte direkt dorthin fliegen und mich mit ihm treffen können, und die Sache wäre im Nullkommanichts erledigt gewesen. Aber nur, weil er zwei- oder dreimal mit einer Tussi essen gegangen war, hatten wir Gott weiß wie viele hundert Meilen fahren und all diesen Scheiß durchmachen müssen.

Trotzdem, hätten wir es so gemacht, dann hätten wir mit unserem kleinen DJ-Job nie die Kohle verdient und die verdammte Sache schon mal gar nicht bezahlen können. Und was noch wichtiger ist, wir hätten nicht diese Chance auf einen Plattenvertrag gekriegt, die wir jetzt haben, wenn wir es hinkriegen, das richtig anzustellen. Also, denke ich, haben wir doch alles der romantischen Ader des Kleinen zu verdanken.

Es funktioniert auch andersrum.

Du hättest das Gesicht von unserem Typen sehen sollen, als wir ihm das Band brachten und den Song vorspielten. Wir hatten ihm vorher nicht erzählt, was es war – wir legten es einfach ein und ließen es krachen, und du hättest ihn, verdammt noch mal, sehen sollen.

Zuerst fror sein Gesicht einfach ein, dann weiteten sich die Augen. Und als er schließlich hochguckte, hatte er ein verdammt gewaltiges Grinsen in der Fresse.

»Scheiße«, sagte er und schüttelte den Kopf. Dann sprang er auf.

»Jungs«, sagte er, »das ist verdammt genial.« Er schüttelte die Fäuste und lachte los.

»Scheiße«, sagte er noch mal. »Das ist super. Einfach *super*.«

Er war so begeistert, daß er sich sofort an die Arbeit machen wollte, aber wir mußten erst rauskriegen, wieviel es uns kosten würde, weil wir wußten, daß wir nicht mehr allzuviel Kohle hatten.

»Was würdest du denn verlangen?« fragte Bob, und es brachte uns fast um, als er den Preis nannte. Es war um Längen mehr, als wir übrig hatten, und wir wußten, wir hatten's versaut, weil er jetzt die Idee für den Song besaß, und wenn wir es nicht bei ihm machten, konnten wir ihn nicht davon abhalten, das gleiche Ding selbst durchzuziehen.

»Wieviel könnt ihr Jungs denn lockermachen?« fragte er, als wir ihm sagten, daß wir es uns nicht leisten könnten, und wir gestanden es ihm. Wir hatten gerade mal noch an die fünfhundert Dollar. Er hatte zweitausend verlangt.

Er guckte runter auf seinen Tisch.

»Das ist hart«, sagte er. »Ich glaub wirklich, daß

es klappen könnte. Und außerdem kenn ich einen Typen in DC, der würde das rausbringen, wenn ihr damit zu ihm kommt. Er hat eine Plattenfirma, und für das hier würde der Morde begehen. Aber …«

Er spulte das Band zurück und ließ es noch mal laufen. Das Grinsen kam wieder.

»Denkst du wirklich, der würde das machen?« fragte Bob.

»Ich weiß, daß er das würde«, sagte der Kerl. »Der würde sich nicht mehr einkriegen.«

Er nahm einen Stift vom Schreibtisch und spielte damit rum.

»Wißt ihr was?« sagte er. »Vielleicht könnte ich es für ein bißchen weniger machen. Vielleicht würde ich es für fünfzehnhundert hinkriegen. Wie klingt das? Könntet ihr Jungs das auftreiben? Ich mach's für fünfzehnhundert, wenn ihr mich mit zehn Prozent an allem beteiligt, was ihr mit der Platte verdient.«

Also sagten wir, wir würden sehen, was sich machen ließe. Es klang gut, aber wir wußten, daß wir genügend auftreiben mußten, um auch noch selbst nach DC zu kommen. Fünfhundert war alles, was wir hatten, und das reichte nicht mal für den Heimflug – also wußten wir, daß wir unseren verdammten Arsch hochkriegen mußten. Das war die einzige Möglichkeit. Und ich wußte auch, daß sich alles andere von selbst lösen würde, wenn wir es geregelt kriegten und nach DC kämen.

Alles, was wir brauchten, war ein Plan.

*

»Du wärst ausgeflippt, Peacock«, sagte Bev. Sie war gerade von ihrer Filmstudio-Tour zurück und konnte sich gar nicht wieder einkriegen. »Ich krieg's noch nicht auf die Reihe, was das für ein Gefühl war«, sagte sie. »Genau an dem Platz zu stehen, wo all diese Filme gemacht worden sind. Es war ...«

Bevor wir zu unserem Typen gingen, hatten wir sie zu der Straße mit den Sternen gebracht, und als wir sie dort absetzten, war sie mit auf so eine Tour gegangen. Hatte ein verfluchtes Vermögen gekostet, aber sie durfte nicht merken, daß das ein Problem war. Sie dachte ja immer noch, wir würden für irgendeine Firma arbeiten.

»Da war was, was der Führer gesagt hat«, erzählte sie. »Er sagte, Filmstars werden deshalb Stars genannt, weil sie, wenn man sie auf der Leinwand sieht, schon längst wieder weg sind. Und die richtigen Stars, die Legenden, die schaut man sich an, wenn sie jahrelang tot sind. Und immer noch glänzen. Genau wie die Sterne am Himmel. Da hab ich vorher noch nie drüber nachgedacht, Peacock. Ich find's hier einfach toll. Ich will nie wieder weg.«

»Kann sein, daß wir bald von hier weg müssen«, sagte ich. »Ich und Bob müssen das Ding nach Washington bringen, wenn es fertig ist.«

»Ach, Peacock«, sagte sie. »Aber ich bin doch eben erst angekommen.«

»Ich weiß, Maus. Aber ich hab dir gesagt, bevor du gekommen bist, daß wir zum Arbeiten hier sind. Es ist kein Urlaub.«

»Kann ich dann hierbleiben? Und später von hier aus wieder heimfliegen? Nachdem du weg bist?«

»Schaun wir mal«, meinte ich. »Kommt drauf an, wie's mit dem Geld aussieht. Aber vergiß das jetzt, ich hab einen Scheißhunger. Komm, wir holen den Kleinen und gehen was futtern.«

Sie hatte da so ein Lokal gesehen, wo sie unbedingt hinwollte. Eines, das Oscars hieß oder so, wo sie Film-Fotos an den Wänden hatten und eine verdammte, lebensgroße Oscar-Statue in der Ecke. Es war geschmacklos, aber sie fand es toll, und sie laberte Bob das Ohr darüber ab, warum Filmstars Stars genannt werden.

Eins mußte ich dem Kleinen lassen – er brachte es fertig, sich viel interessierter an ihrer Tour zu zeigen, als ich das hingekriegt hatte. Dieser ganze Filmscheiß fing an, mir auf den Wecker zu gehen. Die Straße mit den Sternen drauf hatte mich schon fast verrückt gemacht, und hier stand solcher Kack auf der Speisekarte wie Hollywood-Burger und Brando-Steaks.

Ich konnte Bevs Geblubber wirklich nicht mehr ertragen, aber der Kleine machte es gut. Er machte es sehr gut.

»Warum nennen sie dich *Evil* Bob?« fragte Bev, und er grinste.

»Oh, er kann ziemlich fies sein«, meinte ich.

»Ich hab einen Wurm in mir drin«, sagte er.

»Einen was?«

»Einen Wurm. Er läßt mich Dinge anstellen. Ich schaff es nicht, ihn loszuwerden.«

»Igitt«, sagte Bev. »Das ist eklig, Bob. Ich hab auf einmal gar keinen so großen Hunger mehr.«

»Ich hab dir gesagt, daß er fies sein kann«, sagte ich und Bob lachte.

Aber sie war schnell drüber weg, als ihr Sinatra-Salat kam – und schon legte sie wieder los, stupste mich und wisperte, daß sie glaubte, die beiden Kerle uns gegenüber wären Filmregisseure und sprächen über ihren neuesten Film.

»Es ist einfach so aufregend hier«, sagte sie. »Findest du nicht auch, Bob? Es wird mir das Herz brechen, wenn ich weg muß. Ich sag dir, was du tun solltest. Du solltest dieses Haarnetz abnehmen, dann könntest du mit dem Kerl verwechselt werden, dem du ähnlich siehst. Jemand könnte dich versehentlich in einen Film stecken, und dann könnten wir alle von deinem Geld für immer hier leben.«

»Warum glaubst du, daß er es mit uns teilen würde?« fragte ich.

»Er müßte«, sagte sie. »Wir wären die einzigen, die wüßten, wer er wirklich ist. Wir wüßten, daß er in Wirklichkeit nur der kleine Irre ist. Und falls er uns nicht bezahlt, würden wir die Katze aus dem Sack lassen.«

»Du hast dir das alles schon ausgerechnet, was, Bev?«

»Natürlich hab ich das«, sagte sie. »Und er würde mich ebenfalls in diesen Film reinbringen, das würdest du doch, Bob? Nur eine kleine Rolle, was ganz Einfaches. Nur, damit man mich da oben sehen kann, obwohl ich schon weg bin.«

Bob lachte, und dann guckte er runter auf sein gebratenes Hühnchen à la Chaplin.

»Ein guter Plan«, sagte er. »Aber ich könnte das nie machen, Bev. Diese Schauspieler sind eine ganz andere Sorte Mensch. Genau wie diese Typen, mit denen wir neulich nachts gearbeitet haben. Was zu erschaffen, das ist 'ne ganz andere Sache.«

»Wie ist es?« fragte Bev.

»Einfach anders«, sagte Bob. »Bevor ich aus New York weg bin, war ich in einem Comedy-Club und hab mir diesen Typ angeschaut, und er war einfach irre. Jemand rief ihm was zu, was Beleidigendes – und er reagierte auf der Stelle – sofort. Und dann fing *er* an, über das, was er gesagt hatte, zu lachen. »Wo zum Teufel kam das denn her?« hat er gefragt. Und den ganzen Auftritt über konnte man sehen, wie ihm die Sachen einfielen, kurz bevor er sie aussprach, und man sah, wie er mit sich kämpfte, um nicht zu lachen. So funktioniert das. Auch ich denke immer – »Wo zum Teufel kam das denn her?« Aber bei mir gibt es einen Unterschied. Ich lebe auf der Kehrseite der Medaille. Die Sachen, die mir einfallen, sind destruktiv. Widerwärtige Ideen. Das ist der verdammte Wurm. Er *kriecht* einfach da drin rum ...«

»*So* abscheulich kommst du mir gar nicht vor«, sagte Bev.

»Oh, kann ich aber sein«, sagte Bob. »Ich kann ...«

Und er nahm wieder sein Hühnchen in Angriff.

*

Bevor wir dort weggingen, gab er ihr eine kleine Demonstration. Während des ganzen restlichen Essens hatte sie nicht aufgehört, ihn nach seinem Wurm zu fragen und ihm zu versichern, daß er ihr gar nicht so abscheulich vorkam – bis es ihm, glaube ich, schließlich auf die Nerven ging.

Also stand er auf und sagte, er wolle ihr etwas zeigen. Dann ging er einfach raus.

Eine Weile saßen wir da und fragten uns, ob das

alles wäre, ob das seine Vorführung sei – uns da drinnen warten zu lassen und nicht zurückzukommen. Aber bald erschien er wieder am Fenster, winkte zu uns herein und hielt eine Fahrradkette in der Hand.

»Für was hat er die denn?« fragte mich Bev leicht panisch. »Was hat er vor, Peacock?«

Aber ich sagte ihr, ich hätte keine Ahnung. »Zum Teufel, er steht ständig unter Hochspannung, Maus«, sagte ich.

Sie versuchte ihn wieder reinzuwinken, aber er grinste nur sein irres Grinsen. Er winkte noch mal und überquerte dann die Straße.

»Ich hätte ihn nicht anstiften sollen«, sagte sie. »Oder? Glaubst du, es ist meine Schuld? Was ist das überhaupt für ein Wurm, von dem er dauernd redet? Hat er dir früher schon davon erzählt?«

»Er hat ihn erwähnt«, sagte ich.

»Also, was ist damit?«

»Ich weiß nicht. Ich frag ihn nicht. Ich laß ihn einfach labern.«

»Ich hätte meinen Mund halten sollen«, sagte sie.

Aber bald war der Kleine zurück und setzte sich zu uns an den Tisch.

Er hatte die Kette auf der anderen Straßenseite nur um einen Mast gewickelt und dann durch den Reifen eines Motorrades gesteckt und abgeschlossen.

Und trotzdem lachte er sich schief und krumm, als er zum Tisch zurückkam.

»Das ist schrecklich, Bob«, sagte Bev, und er klopfte mit dem Schlüssel für die Kette gegen sein Glas.

»Wieviel hat dich die gekostet?« fragte ich.

»Nichts«, meinte er. »Ich hab sie geklaut. Jetzt müssen wir nur noch warten.«

Ehrlich gesagt, ich wollte wirklich nicht mehr da drin warten. Dieses dämliche große Oscar-Dings fing an mich zu stören, und das ganze Lokal machte mich kirre. Aber es stellte sich raus, daß wir nicht lange warten mußten. Bob fing an, mit dem Schlüssel wie wild auf den Tisch zu klopfen und prustete wieder los.

»Da kommt er«, sagte er. »Da kommt er.« Und wir sahen zu, wie ein Typ in Leder auf das Motorrad zuging.

Zuerst bemerkte er die Kette nicht mal. Er nahm einfach das Motorrad vom Ständer und stieg auf. Erst als er versuchte, es vorwärts zu rollen, bemerkte er, daß es festsaß.

»Treffer Nummer eins«, rief Bob und gluckste. Wir zahlten und machten, daß wir rauskamen, und wir konnten den Typ auf der anderen Straßenseite vor sich hin schimpfen hören.

»Hurensohn!« schrie er und trat nach der Kette.

»Geh und mach sie ihm wieder auf«, sagte Bev zu Bob, aber er wollte nicht. Er hielt den Schlüssel in der ausgestreckten Hand und ließ ihn in einen Gully fallen.

»Jesus«, sagte Bev. »Du *bist* ein abscheulicher kleiner Scheißer.«

»Ich hab's dir gesagt«, lachte er und sah zu dem Typen zurück. »Und du weißt, was er sich jetzt gerade denkt, oder?«

»Was denn?«

»Er denkt – *Wo zum Teufel kam das denn her ...*«

VIII

Später hatten wir allerdings das Problem, daß der Wurm anscheinend schlief. Bob schien ihn überanstrengt zu haben, und wir brauchten doch seine Hilfe, um uns einen Plan auszudenken. Brauchten eine Methode, wie wir zu dem beknackten Geld kommen konnten.

Bev war, erschöpft von der ganzen Aufregung ihrer Tour, kurz nach dem Abendessen ins Bett gegangen, und ich hatte die Chance genutzt, in Bobs Zimmer rüber zu schleichen und zu versuchen, mit ihm zusammen eine Lösung zu finden. Aber es war verdammt quälend.

Wir hatten die restliche Kohle auf dem Bett ausgebreitet und zählten sie. Fünfhundertsechsundachtzig Dollar und ein paar Zerquetschte, und wir saßen einfach nur so da und starrten drauf; kamen nicht weiter.

»Alles, was wir brauchen, sind noch mal tausend für den Song«, sagte ich. »Dann noch genug, damit wir nach Washington kommen. Wie viele Tage brauchen wir dafür?«

»Wahrscheinlich fünf«, sagte Bob. »Es ist ein verdammt langer Weg. Und wir müssen den Mietvertrag für die Karre erneuern, der läuft bald aus.«

»Was?«

Bob zuckte mit den Achseln. »Sind nur noch zwei Tage drauf«, sagte er.

»Verdammt schade, daß sich das Gerücht, wir seien DJs, noch nicht rumgesprochen hat«, meinte ich. »Noch so eine Nacht, und wir hätten gut lachen.«

»Noch so eine Nacht, und man würde uns lynchen, Peacock. Und ich sag dir noch was.«

»Was?«

»Seit wir das gemacht haben, verfolgt mich einer der Songs, die wir gespielt haben. Dauernd hab ich dieses verschwommene Bild vor Augen, wie wir ihn singen. Ich glaube, es muß einer von den Songs gewesen sein, die wir beim Karaoke gesungen haben.«

»Welcher Song?«

»Das willst du nicht wissen. Denk dran, wir haben gesagt, daß wir niemals drüber reden. Sei einfach froh, daß es in meinem Kopf ist, und nicht in deinem.«

Er machte die Mini-Bar auf und holte jedem von uns ein Bier raus. Ich dachte noch mal an die Songs, die wir in der Nacht da gespielt hatten und beschloß dann, mich nicht erinnern zu wollen. Hatte das Gefühl, daß es mir, wenn ich nur richtig darüber nachdachte, viel zu leicht wieder einfallen würde, und Bob hatte recht – ich war froh, daß es in seinem Kopf war und nicht in meinem.

»Okay«, sagte er, als er sein Bier aufmachte. »An die Arbeit, Wurm. Das hier sollte dich aufwecken. Komm schon, wir brauchen einen Plan ...«

*

Und hier kommt, was sein Wurm ausspuckte. Bist du bereit?

Einbruch.

Nicht gerade ein Geniestreich, aber immerhin mehr, als mir eingefallen war. Lange Zeit saß ich einfach nur da, trank das Zeug aus der Minibar und dachte, wir wären aufgeschmissen.

Zugegeben, ich hatte eigentlich nicht wieder in irgendwelche Straftaten reinrutschen wollen. Wie ich schon sagte; man kann nicht mehr genügend Geld damit machen. Aber uns blieb keine große Auswahl, und weil es eben L. A. war, nahm ich an, daß wahrscheinlich *alles* hier viel lukrativer sein würde als irgendwo anders. Also ließen wir vom Parkservice das Auto zum Hoteleingang bringen und fuhren los, um uns umzusehen.

Der eigentliche Einfall des Wurms war schon genauer gewesen, als nur einzubrechen. Sein erster Vorschlag war Einbruch in Beverly Hills, also fingen wir erstmal dort an.

Aber als wir hinkamen, wurde uns klar, daß da nichts lief. Jedes Haus hatte ein Schild am Eingang, auf dem stand, es würden Wächter und Hunde patrouillieren. Bewaffnete Wächter, und wahrscheinlich auch bewaffnete Hunde, verdammt. Und die Schilder machten deutlich, daß sie einen sofort abknallen würden, daß sie ganz heiß darauf waren, auf einen zu ballern. Und all das, angenommen man käme überhaupt erst mal in die verdammte Anlage rein, wonach es bei der Höhe der Mauern und der Stärke der Tore nicht aussah.

»Böser Wurm«, sagte Bob und schlug auf seinen Bauch. »Böser Wurm.«

Und wir beschlossen abzuhauen und uns nach etwas Machbarem umzusehen.

Auf der Fahrt überholten wir immer wieder Autos, die mit etwa drei Meilen pro Stunde dahinkrochen, mit Leuten auf den Beifahrersitzen, die Taschenlampen auf Stadtpläne richteten. Wie eine Straßen-Rallye für Freier auf dem verfickten Autostrich, und am Ende siegte meine Neugier. Ich brachte Bob dazu, neben einem anzuhalten und zu fragen, was das alles sollte.

Es stellte sich heraus, daß man in der Stadt Pläne kaufen konnte, auf denen eingezeichnet war, welche Filmstars und Popgrößen in welchen Häusern wohnten.

»Wir müssen darauf achten, daß Bev nichts davon erfährt«, sagte ich zu Bob, als wir weiterfuhren. »Ansonsten müssen wir morgen noch mal hier rauf und einen fürchterlichen Nachmittag verbringen.«

»Ist schon verdammt seltsam«, sagte Bob, als er ausscherte, um noch einen von denen zu überholen, und dann machten wir uns auf die Suche nach weniger wohlhabenden Stadtteilen.

Bei der Auswahl unseres Viertels mußten wir vorsichtig sein. Waren die Häuser zu heruntergekommen, gab es drinnen bestimmt nur Scheiß, der sich nicht zu klauen lohnte, aber es schien, daß sich jeder, der auch nur irgendwas besaß, bis an die Kiemen absicherte. Wir kamen zu dem Schluß, daß es sich sogar um eine Art Status-Angelegenheit handeln könnte; je mehr Sicherheitsvorkehrungen du hast, desto mehr – glauben deine Nachbarn – hast du zu beschützen. Also könnte auch in vielen dieser Häuser nur Scheiß drin gewesen sein.

Was wir wirklich suchten, war eine Art Rebell. Jemand, der beschlossen hatte, den ganzen Mist nicht nötig zu haben, und der aus dem Wettlauf ausgestiegen war. Dann könnten wir ihm beweisen, daß er Unrecht gehabt hatte, und daß es doch alles nötig war. Ihm einen Gefallen tun, wenn du so willst.

Aber wir suchten verdammt lange. Fuhren durch alle möglichen Viertel und fanden auch ein paar Häuser, die uns geeignet erschienen, aber in allen war eine Menge los.

»Was zum Teufel macht ihr zuhause, ihr Mißgeburten!« schrie Bob. »Ihr lebt in L. A., verdammt noch mal. Geht aus und *feiert.*«

Endlich fanden wir aber doch eine Straße, die ziemlich ausgestorben aussah. Bob fuhr sie langsam entlang und wir schauten uns einige der Häuser an. Dann hielt er.

»Was denkst du?« fragte er.

»Laß uns aussteigen und gucken«, sagte ich.

Wir hatten beschlossen, daß es keinen Sinn machen würde, was anderes zu nehmen als Bargeld. Notfalls vielleicht noch Schmuck. Aber wir wollten nicht das Theater, irgendwas verkaufen zu müssen. Wir wußten nicht, wie das hier ablief und kannten auch keinen, der es tat. Also würde es mehr Ärger machen, als es wert war.

»Welches nehmen wir?« fragte ich Bob, und er lief auf und ab. Es gab eins, das mehr zurückgesetzt stand als die anderen, und wir entschieden uns dafür. Hier bestand weniger Gefahr, daß jemand in den anderen Häusern hören würde, wie wir dort reinzukommen versuchten, und, wie Bob sagte, sah es wie das richtige Haus für einen komischen Kauz aus. Jemand, der all seine Ersparnisse unter der Matratze versteckt.

»Was hält der Wurm davon?« fragte ich, aber Bob lachte nicht.

»Verdammt noch mal, mach keine Witze darüber, Peacock«, sagte er. »Das ist keine Sache, über die man sich lustig macht, zur Hölle.«

Er sah ziemlich aufgebracht aus, also entschuldigte ich mich und meinte, ich wäre durcheinander gewesen, einfach damit wir mit dem beknackten Scheiß weiterkamen.

»In Ordnung«, sagte ich. »Vergiß es. Auf geht's.«

Obwohl es hier keine deutlich sichtbaren Schutzvorrichtungen gab, die wir sonst überall gesehen hatten, war das Haus doch ziemlich sicher. Nichts gab nach oder ging leicht auf.

»Du gehst nach vorn«, sagte Bob schließlich, nachdem wir alle Fenster auf der Rückseite des Hauses ausprobiert hatten. »Ich bin klein genug, um durch das hier zu kommen, wenn ich es einschlage. Du achtest darauf, daß vorn keiner ist, und ich mach dir die Tür auf, wenn ich drin bin.«

Also ging ich nach vorn.

Er mußte das Fenster ganz leise eingeschlagen haben, weil ich nicht einen verdammten Laut hörte. Ich stand noch immer da und horchte, als plötzlich im Haus geschrien wurde. Irgendwo nahe der Rückseite, dann polterten Sachen zu Boden und jemand rannte zur Vordertür.

Ich versuchte wegzukommen, aber fast im selben Moment sprang die Tür auf, und es war der Kleine, der herausgerannt kam.

»Los«, schrie er mich an. »Los, los, los.«

Dann stieß er mich, und ich fiel flach auf den Rücken. Vom Boden aus sah ich ihn weiterrennen.

»Bob«, rief ich, aber der verdammte Kerl drehte sich nicht um. Er war wie besessen. Beim Auto wühlte er nach seinen Schlüsseln, und ich merkte, daß er was in einer Hand hielt, das aussah wie eine beknackte Teekanne.

Ich stand auf und rannte ihm nach.

Als ich meine Tür aufkriegte, rollte der verdammte Wagen schon. Ich mußte mich reinwerfen, und ich glaube nicht, daß der Scheißkerl auf mich gewartet hätte, wenn ich nicht rechtzeitig dagewesen wäre. Er sah wie versteinert aus.

Als wir wegfuhren, drehte ich mich rum, wollte sehen, wer uns verfolgte, aber da war niemand. Das Haus lag immer noch im Dunklen, und die Tür stand offen. Weit und breit war niemand auf der Straße, außer uns.

»Was zur Hölle ist passiert?« fragte ich.

»Das willst du nicht wissen«, sagte er.

»Natürlich will ich das, verdammte Scheiße. Wer hat da geschrieen?«

»Ich.«

»*Du?*«

»Machen wir einfach nur, daß wir von hier wegkommen«, sagte er und trat aufs Gas. Quietschend rasten wir um eine Ecke, weg von dieser Straße, und die verdammte Teekanne schlitterte übers Armaturenbrett. Ich schnappte sie mir und schaute rein.

»Bah, Scheiße ...« sagte ich. Es roch verdammt übel. Eine Pfütze Tee war auf dem Boden, und grüner Schimmel schwamm darauf herum.

»Warum um alles in der Welt hast du das mitgebracht?« fragte ich.

»Irgendwas mußte ich mitbringen«, sagte er. »Wenn ich mit leeren Händen da rausgekommen wäre, dann wär die ganze Sache nur Zeitverschwendung gewesen.«

»Und für das hier hat es sich gelohnt?«

»Ich glaub nicht«, sagte er.

Den ganzen Weg zum Hotel zurück wollte er nicht weiter darüber reden, was denn nun passiert war. Eigentlich sagte er überhaupt nichts mehr. Fuhr einfach, mit diesem erschreckten Gesichtsausdruck, und fuhr auch ein wenig zu schnell. Und als wir in sein Zimmer zurückkamen, riß er die Minibar auf und griff sich eine Flasche.

»Bedien' dich«, sagte er, und dann warf er sich aufs Bett und legte die Hand über die Augen.

In der Minibar war nicht mehr viel übrig. Bevor wir losgefahren waren, hatten wir alles außer ein paar der Miniflaschen ausgetrunken, aber ich wühlte herum, bis ich einen Whisky fand, und dann versuchte ich, den Kleinen zum Reden zu bringen.

War verdammt schwer. Alles kam nur stückweise raus, und dauernd hörte er auf und verbarg das Gesicht, aber schließlich gelang es mir, ihm das Meiste aus der Nase zu ziehen.

»Auf jeden Fall bist du reingekommen, ohne ein Geräusch zu machen«, sagte ich, und er meinte, das wäre das erste gewesen, was ihn überrascht hätte.

»Ich hab das Fenster eingeschlagen, und es hat keinen Krach gemacht, als es auf den Boden fiel«, sagt er. Also ließ er sich auf die Spüle runter und wartete, bis sich seine Augen an die Dunkelheit gewöhnt hatten, und als er besser sehen konnte, schien sich der Boden zu bewegen.

»Erst dachte ich, es wär nur das Muster auf den Fliesen«, sagte er. »Ich dachte, es wäre so 'ne verdammte Illusion. Aber es roch da drin nicht gut, und als ich auf den Boden runterkam, hat es ge*knirscht*.

Es hat verdammt noch mal geknirscht, Peacock, und ich konnte fühlen, wie sich was bewegt hat.«

Da sah er aus, als würde er anfangen zu weinen, und schluckte mühsam. Und, bist du bereit dafür? Bist du bereit für das, was er mir sagte? Er sagte, auf dem verdammten Boden hätte es vor Würmern nur so gewimmelt.

»Das war, als ich geschrieen hab«, sagte er. »Und ich bin einfach losgerannt, zum Teufel. Ich hab was umgeschmissen und mir die verfluchte Teekanne gegriffen, aber hauptsächlich mußte ich einfach nur da raus.«

»Bist du sicher, daß es Würmer waren?« fragte ich, und er sagte, er wäre sicher.

»Aber wie kommt es, daß ein beknackter Boden von Würmern wimmelt?«

»Ich weiß es nicht, zum Teufel«, sagte er. »Aber sie waren da. Sie sind überall, Peacock. Verdammt, sie *folgen* mir ...«

Wieder verbarg er das Gesicht, und ich hatte keine Ahnung, was ich sagen sollte, also sagte ich gar nichts. Ich holte für jeden von uns noch eine Flasche aus der Minibar und gab eine Bob in die Hand. Er trank einen Schluck und spuckte.

»Was zur Hölle ist das, Peacock?« fragte er und nahm die Hand vom Gesicht. Inzwischen waren wir bei den Likören angelangt.

»Oh, Jesus ...« sagte er. »Ist das alles, was noch da ist?«

Ich nickte.

Er nahm noch einen Schluck und spuckte wieder.

»Das ist Scheiße«, sagte er. »Das können wir nicht trinken, Peacock. Das ist wirklich nichts für uns. Komm mit, gehen wir runter an die Bar.«

Aber bevor wir runtergingen, kippte er den Likör trotzdem.

IX

Es war eine qualvolle Nacht. Wir tranken eine Menge, und Bob laberte und laberte immer nur von diesen Würmern. Ich konnte einfach nicht verstehen, wie der Boden von Würmern hatte wimmeln können, aber das behielt ich für mich. Er war so abgedreht, daß man nicht vernünftig mit ihm reden konnte.

Dann fing er an, über *seinen* Wurm zu quatschen, und das war noch schlimmer. Noch verdammt viel schlimmer.

»Er wird nie sterben, Peacock«, sagte er immer wieder. »Ich bin sein verdammter Sklave.« Und er hörte nicht auf, mich zu fragen, warum die Ärzte ihn nicht operieren wollten, und dauernd fummelte er an seinem Hemd rum. Mir fiel nur ein, ihn zu fragen, wie er den Wurm denn bekommen hatte.

»Oh, das ist eine lustige Geschichte«, sagte er. »Das ist eine verdammt lustige Geschichte.«

Aber er lächelte nicht.

»Ich hatte da diesen Job«, sagte er. »War eine verflucht schwierige Zeit, damals, und ich hatte diesen Job als verkleideter Hase auf einem Jahrmarkt.«

»Als *was*?«

»Als Hase. Als verdammtes Kaninchen. Teilte

diese dämlichen Handzettel aus, auf diesem dreckigen, beknackten Jahrmarkt. Und das Kostüm hatte so Füße, die nicht über meine Schuhe paßten, also mußte ich barfuß drin laufen. Und die Unterseiten dieser Hasenfüße waren offen, und der Boden war ganz scheißnaß und ekelhaft. Da war's, als ich ihn mir geholt hab. Verdammt lustig, oder?«

Wie ich schon sagte, es war nicht die beste aller Nächte, und der Kleine trank viel zuviel.

Am Schluß fing er an, panisch zu werden und zu zittern, und er sagte, »Hilf mir ihn raus kriegen, Peacock. Hilf mir ihn raus kriegen.«

Irgendwie weinerlich.

Und dann kippte er um und schlief ein.

Wenn ich ehrlich sein soll, war das eine verdammte Erleichterung. Und ich trank weiter, bis die Bar zumachte, und ich dachte so halb darüber nach, zu diesem Haus zurückzukehren, um nachzusehen, was wirklich mit dem Boden los war. Ich dachte, wenn ich das täte, dann könne ich vielleicht auch das Ding zu Ende bringen, das wir angefangen hatten. Aber je mehr ich trank, um so weniger konnte ich mich erinnern, wo genau das Haus war, und schließlich begann ich drüber nachzudenken, was denn wohl wäre, wenn ich dort hinkäme und rausfände, daß es einfach ein ganz normaler Boden war.

Also half ich einfach, als die Bar schloß, dem Kleinen die Treppen rauf und ließ ihn auf sein Bett fallen.

Er kam für ein paar Sekunden zu sich und fragte, wie es mir ginge.

»Mir geht es gut, Junge«, sagte ich. »Wie geht's dir?«

»Erschöpft«, meinte er. »Ich bin verdammt erschöpft, Peacock.«

Dann war er wieder weg, und ich ging zurück in mein Zimmer, wo Bev immer noch tief schlief – und wahrscheinlich von Hollywood träumte.

*

»Peacock?«

»Du hast's erkannt, Kumpel«, sagte ich.

»Peacock? Verdammt, wieviel Uhr ist es?«

»Sag du's mir.«

Ich war früh aufgewacht und war unten in der Hotel-Lobby und rief meinen Typen zuhause an, den Typen, der mich ursprünglich hier rübergeschickt hatte, um mich mit Bob zusammenzutun.

Ich konnte ihn am anderen Ende der Leitung herumfuhrwerken hören.

»Es ist drei Uhr morgens, Peacock«, sagte er schließlich. »Wo zum Teufel bist du?«

»Ich bin in L. A.«, sagte ich. »Ich bin in L. A. und versuche immer noch, diese Scheiß-Platte zu machen. Du und ich, wir werden uns mal ernsthaft unterhalten müssen, wenn ich zurück bin, mein Junge.«

»Ach, komm schon, Peacock«, sagte er. »Du bist nicht mehr sauer, oder? Du bist in L.A., Herrgott noch mal. Besser hätte es doch gar nicht laufen können.«

»Hör zu«, sagte ich. »Hör mir zu. Irgendwie haben wir es fast soweit geschafft, dieses Ding gebakken zu kriegen, aber nicht wegen dir und deiner verdammten Kontakte. Aber ich brauch ein bißchen mehr Geld, um das Ding fertigzumachen, und du wirst es mir schicken, als Ersatz für die Kohle, die ich wegen dir hab ausgeben müssen, du verfluchter Trottel.«

Eine Weile war es still, dann fragte er, wieviel ich bräuchte.

»Zwei Riesen«, sagte ich, und es war wieder still.

»Das hast du nicht ernst gemeint, daß du mich aus unserem Deal ausschließt, oder?« fragte er, und jetzt war ich an der Reihe, still zu sein.

»Weißt du was?« sagte er. »Ich schick dir das Geld, Peacock, als Entschuldigung. Ich fühl mich schlecht wegen dem, was passiert ist. Aber nur unter einer Bedingung. Zwei Riesen sind eine Menge Geld, also will ich als Gegenleistung zwanzig Prozent von dem, was ihr mit der Platte verdient, und keine zehn.«

Ich blieb wieder still. Jetzt hatte er mich, verdammt noch mal. Es gab keinen anderen Weg mehr da raus.

»Na gut«, sagte ich schließlich. »Solange du mir nur das Geld überweist, sobald es bei euch Morgen ist.«

»Ich schick's dir als allererstes, Peacock«, sagte er. »In dem Augenblick, in dem ich ein Fax von dir kriege, das mir meinen Anspruch auf zwanzig Prozent bestätigt – mit deiner Unterschrift irgendwo drauf.«

»*Was?*«

»Ich muß mich absichern, Peacock.«

»Jesus ...« sagte ich. »Schon gut, schon gut. Ich schicke es.«

Ich notierte mir die Nummer von seinem beknackten Fax und legte auf.

Was für ein verdammter Witzbold.

X

Aber der Arsch hielt Wort, was mich verdammt überraschte. Das Geld kam am selben Nachmittag, und wir waren wieder im Geschäft.

Ich hatte Bob erzählt, daß das Geld kommen würde, gleich nachdem ich dieses Fax geschrieben hatte, und wir hatten Bev auf eine weitere Studio-Tour geschickt, während wir herumsaßen und darauf warteten, daß es kam. Es wurde aber doch ziemlich langweilig, einfach so dämlich rumzuhängen, also sammelten wir unser restliches Geld ein und fuhren – um die Zeit totzuschlagen – den Vertrag fürs Auto verlängern.

Bob schien wieder okay zu sein. Er hatte einen Scheiß-Kater, aber er sagte nichts mehr über irgendwelche Würmer, und ich war froh darüber.

Und er war froh, daß ich es geschafft hatte, das Geld aufzutreiben, so froh, wie man mit einem derartigen Kater eben sein konnte.

»Wie hast du ihn dazu gebracht, es rüberzuschicken?« fragte er, als wir losfuhren.

»Er weiß, daß er mir jetzt einen ganz großen Gefallen schuldet«, sagte ich. »Er weiß, daß er die Sache schon am Anfang versaut hat.«

»Ich wette, das hängt alles mit meinem Typ zusammen«, sagte Bob. »Wahrscheinlich hat er es deinem Typ nur gesteckt, um an mich ranzukommen.«

»Das würde ich ihm aber trotzdem nicht erzählen, Junge«, sagte ich. »Ich werd so lange bei diesem verdammten Ding mitspielen, wie für mich was dabei rausspringt.«

Bob lachte.

»Stell dir meinen Typen vor, wenn diese Platte gut ankommt«, sagte er. »Stell ihn dir vor, wenn er kapiert, daß er mich zum Ruhm katapultiert hat. Das ist verdammt unbezahlbar.«

Und er platzte fast vor Lachen.

Diese Autovermietung lag irgendwo am Arsch der Welt. Ein paar Mal dachte ich, wir müßten längst aus L. A. raus sein, so weit waren wir gefahren. Mir war bis dahin gar nicht klar gewesen, wie verflucht riesig die Stadt ist. Aber die Fahrt lohnte sich wirklich.

Als wir schließlich da raus kamen, zeigte Bob dem Kerl den Mietvertrag, und der Kerl guckte drauf.

»Der läuft morgen ab«, sagte er.

»Das weiß ich«, sagte Bob. »Deswegen sind wir hier. Wir möchten ihn verlängern.«

»Aber er läuft morgen ab, Sir«, sagte der Kerl. »Wir können ihn heute nicht verlängern. Wir können den Vertrag so lange nicht erneuern, bis er abläuft.«

»Sie wollen mich wohl auf den Arm nehmen, zur Hölle«, rief Bob. »Also sollen wir morgen noch mal hier rauskommen?«

»Normalerweise müßten Sie das, Sir«, sagte der Kerl. »Aber in diesem Fall ist morgen ein Sonntag. Wir haben Sonntags geschlossen, Sir.«

»Wie bitte? Sie wollen ihn heute nicht verlängern, weil er erst morgen abläuft, und morgen können wir ihn nicht verlängern lassen, weil Sie zu haben?«

»Normalerweise würden Sie ihn morgen verlängern können, Sir. Aber in diesem Fall haben wir morgen geschlossen.«

»Und warum haben die mir einen Termin gegeben, der an einem Sonntag ausläuft? Wie soll ich denn das Auto zurückgeben oder den Vertrag verlängern?«

»Ich denke, die Filiale, in der Sie es gemietet haben, muß wohl an einem Sonntag geöffnet haben, Sir. Wir aber nicht. Wir haben zu.«

»Gib uns eine Chance, Kumpel«, sagte ich. »Zum Teufel, verlängere das Ding einfach.«

»Entschuldigen Sie, Sir?«

»Wir versuchen, *dir* Geld zu geben, Kumpel. Wo ist dein verdammtes Problem?«

»Wie bitte?«

»Also, was machen wir jetzt?« fragte ihn Bob.

»Ich fürchte, Sie werden am Montag wiederkommen müssen.«

»Aber wir werden am Montag nicht mehr hier sein.«

»Wissen Sie, wo Sie sein werden, Sir?«

»Unterwegs.«

Der Kerl fing an, ein paar Knöpfe auf einer Tastatur zu drücken.

»Falls Sie eine ungefähre Ahnung haben, wo Sie sein werden, Sir, dann kann ich in unserem Computer nachsehen und die nächstgelegene Filiale für Sie herausfinden.«

»Wir werden sie selbst finden«, sagte Bob. »Machen Sie sich keine Mühe.«

»Okay, Sir. Es tut mir leid, daß wir Ihnen nicht weiterhelfen konnten.«

»Blödes Arschloch«, murmelte Bob, als wir gingen.

Wie ich schon sagte, die verdammte Fahrt hatte sich wirklich gelohnt.

Aber immerhin vertrieb es uns die Zeit, und als wir zurückkamen, war das Geld da. Obendrein hatten wir noch das große Los gezogen, weil der Arsch geglaubt hatte, ich meinte zweitausend verdammte *Pfund*, nicht Dollar. Also war es wesentlich mehr, als ich erwartet hatte, und nachdem wir es gezählt hatten, machten wir uns sofort auf den Weg zu unserem Typen.

Er wartete schon auf uns. Er wartete und war sofort bereit, loszulegen. War, wie ich fand, sogar ein bißchen *zu* bereit. Der Arsch hatte schon einen Vertrag aufgesetzt, der ihm seine zehn Prozent zusicherte, und er wollte, daß wir ihn unterschrieben, kaum daß wir da waren.

»Wart mal einen Augenblick, Kumpel«, sagte ich, und Bob übersetzte. »Wart, bis der verdammte Song fertig ist. Wart zuerst, bis wir sehen, ob uns auch gefällt, was wir kriegen.«

Aber das mußte man ihm lassen – als er erst mal angefangen hatte, machte er erstklassige Arbeit, und er arbeitete auch verdammt schnell. Es war nicht wie in der Nacht, die wir in dem Aufnahmestudio verbracht hatten. Er lud einfach alle einzelnen Tracks, die wir ihm gegeben hatten, auf seinen Computer herunter und mischte sie ohne das Schlagzeug zusammen. Dann fing er an, es mit all den stampfenden Beats und Dance-Effekten zu unterlegen. Im Handumdrehen war das Ding fertig.

»Was meint ihr, Jungs?« fragte er, als er eine Weile an einem bestimmten Stück herumgespielt hatte. »Klingt das okay für euch?«

Aber für uns hatte es schon seit Ewigkeiten perfekt geklungen.

»Klingt nicht sehr viel anders, als das, was wir uns in Chicago selbst zusammengezimmert haben, was, Peacock?« sagte Bob und lachte.

»Da hast du Recht, Kleiner«, meinte ich. »Das hier ist nur ein bißchen mehr ... wie soll ich sagen ...?«

»Poliert«, sagte Bob, und er lachte wieder.

Aber ich sagte zu dem Typ, daß wir es verdammt super fänden, und ich glaube, dieses eine Mal verstand er mich sogar. Also unterschrieben wir den verfluchten Vertrag und gaben ihm sein Geld.

»Ihr Jungs bringt das auf dem schnellsten Weg nach DC«, sagte er, und er gab uns Namen und Adresse. »Ich glaube wirklich, daß das abgeht.«

»Ich schätze nicht, daß sich Glen sehr darüber freuen wird«, sagte ich, und Bob übersetzte wieder.

»Glaub ich auch nicht, aber Scheiß drauf. Er hat seine Millionen bereits gemacht. Wenn er jetzt erst anfinge, dann würde er wahrscheinlich auch jemanden covern.«

»Vielleicht«, sagte ich. »Vielleicht.«

Und dann gingen wir. Drei verdammte Stunden, vom Anfang bis zum Ende.

»So macht man wirklich Geld«, sagte ich zu Bob, aber er wollte nicht drüber herziehen.

»Das ist nichts gegen das, was wir noch vor uns haben«, meinte er. »Überhaupt nichts.«

TEIL 3

I

Wir verließen L. A. früh am nächsten Morgen, und Bev war absolut am Arsch. Es war schrecklich, sie so sehen zu müssen. Schrecklich, weil sie keinen Aufstand machte, sie weinte nur und weinte.

Als sie von ihrer Führung zurückgekommen war, hatte ich sie den fertigen Song hören lassen, einfach, um sie behutsam vorzubereiten, bevor ich ihr sagte, daß wir abreisen würden. Und, wenn ich ehrlich sein soll, auch deswegen, um sie für fünf Minuten über ihre Tour zum Schweigen zu bringen. Es fing schon wieder an, mir auf den Sack zu gehen.

»Hier, bitte, Maus«, sagte ich und gab ihr die Kopfhörer. Ich konnte es vor sich hin klimpern hören, während sie horchte, und sie fing an herumzuschwofen und zu lachen.

»Das ist verdammt irre, Peacock«, schrie sie.

»Du mußt nicht schreien, Maus«, meinte ich.

»Was?«

»Du mußt nicht schreien.«

Sie zog die Köpfhörer ein Stück von ihren Ohren weg.

»Ich kann dich nicht hören«, sagte sie.

»Ich weiß. Aber ich kann dich hören. Du mußt nicht schreien.«

»Oh.«

Sie ließ die Kopfhörer zurückschnappen, dann fing sie wieder an zu lachen.

»Es ist irre, Peacock«, schrie sie, lauter als vorher. »Absolut irre.«

Danach war es verflucht hart, es ihr zu sagen,

wenn man sah, wie sie herumtanzte, und wenn man wußte, wie glücklich sie noch immer von ihrer Tour war. Aber es mußte sein.

Wir hatten uns auch dafür einen Plan ausdenken müssen, ich und der Kleine, um sicherzugehen, daß sie lieber mit uns nach Washington kommen wollte, als weiter hierzubleiben und allein zurückzufliegen. Wir hatten nicht das Geld, um ihr einen Flug und das Hotel zu bezahlen und uns dann noch beide quer durchs Land zu bringen, aber das konnte ich ihr nicht verraten. Also hatte Bob gemeint, wir sollten ihr erzählen, daß wir auf dem Weg da rüber in Memphis Station machen und uns Graceland anschauen würden. Ich muß zugeben, daß ich das selbst verdammt aufregend fand, und es schien besser, ihr jetzt zu sagen, wir wären dahin unterwegs, als nur, daß wir L. A. verließen.

Aber sie nahm es trotzdem nicht sehr gut auf. Sie wurde nur still und setzte sich aufs Bett.

»Willst du dir nicht Graceland anschauen?« fragte ich, und sie nickte tonlos. Dann schniefte sie.

»Das wird verdammt toll«, sagte ich, aber sie war nicht aufzuheitern.

Die ganze Nacht lang nicht.

Als ich am Morgen aufwachte, war sie schon wach und weinte. Nur ganz still.

»Was ist denn, Maus?« fragte ich.

»Ich bin einfach nur doof, Peacock«, sagte sie. »Ich bin einfach nur traurig.«

Und sie hörte nicht auf. Wir gingen mit Bob runter, und sie schniefte das ganze Frühstück über, verbarg ihr Gesicht, wenn das Schluchzen sie überwältigte, von Zeit zu Zeit in einem Papiertaschentuch, und ich sah, wie ihre Schultern zuckten.

»Wenn wir erst mal unterwegs sind, wirst du die Fahrt genießen«, sagte Bob. »So lernt man das Land wirklich am besten kennen.«

Sie senkte das Taschentuch und rieb sich die Augen.

»Es geht schon«, meinte sie und wollte noch was sagen, brachte aber nichts mehr raus.

Manchmal bin ich ein dämlicher Idiot, aber es brach mir das Herz, sie so zu sehen, verdammte Scheiße. Also nahm ich sie im Lift nach oben kurz in den Arm und erzählte ihr, ich und Bob hätten noch was Besonderes für sie auf Lager, bevor wir wegfahren würden. Ich sagte, wir brächten sie, sobald wir gepackt hätten, rauf nach Beverly Hills, und ich erzählte ihr alles über die Stadtpläne, die man von den Straßen da oben kriegt.

Aus meiner und Bobs Sicht kein idealer Zug, aber sie wurde ganz fürchterlich aufgeregt.

»Oh, Peacock«, sagte sie. »Das klingt wunderbar.«

Und sie schniefte noch einmal ganz fest und wischte sich die Augen trocken.

Während wir oben waren und packten, brabbelte sie ununterbrochen, fragte mich, wessen Häuser wir wohl zu sehen kriegten, und ob wir jemand in den Gärten draußen zu Gesicht bekämen. Und im Handumdrehen hatten wir alles in die Koffer gestopft.

Ich mochte gar nicht dran denken, wie die Packerei sonst ausgesehen hätte, wenn wir nicht da rauf fahren würden. Sie hätte all ihren Kram Stück für Stück aufgehoben und sich tränenüberströmt durchs Zimmer geschleppt, und von Zeit zu Zeit hätte sie sich auf dem Bett zusammengerollt, um ordentlich zu weinen. Alles in allem schien es ein annehmbarer Handel, wenn ich es auf diese Weise betrachtete.

Und du hättest ihr Gesicht sehen müssen, während wir draußen auf dem Gehsteig standen und auf unser Auto warteten. Sie sah aus wie ein Kleinkind, die Augen ganz rot und feucht, und mit laufender Nase. Die Sonne schien auf sie herunter, und, um dir die Wahrheit zu sagen, sie sah verdammt niedlich aus; ganz strahlend und aufgeregt. Jetzt wünsche ich mir, ich hätte ein Foto gemacht.

Als das Auto gebracht wurde, ließ ich sie vorn neben Bob einsteigen, und als wir in Beverly Hills ankamen, hatte sie ihre Karte vor sich ausgebreitet und drehte sich immer wieder zu mir, um mir zu sagen, wessen Haus als nächstes kam.

Sie dirigierte Bob zu denen, die sie am liebsten sehen wollte, und ließ ihn vor jeder Einfahrt anhalten. Sogar bei Tageslicht war nicht viel zu erkennen, hinter all den Stahltoren und Zäunen und Bäumen. Aber bei manchen war ein winziges Fleckchen Garten oder eine Hauswand sichtbar, und sie saß da und starrte, in der Hoffnung, jemand zu sehen.

»Kannst du dir vorstellen, so zu wohnen?« fragte sie Bob bei einem der Häuser. »Es muß sein, als ob du gestorben bist und in den Himmel kommst. Du hättest in einem von denen da landen können, weißt du, wenn du meinen Plan durchgezogen hättest.«

Dann lachte sie. »Oh, Gott«, sagte sie. »Hört zu, ich hab mich gerade an einen Traum erinnert, den ich letzte Nacht hatte. Ich hab geträumt, daß wir alle den Hollywood Boulevard runtergegangen sind, wir alle drei, und du bist diesem Mädchen nachgegangen, Bob. Du bist wirklich ganz dicht hinter ihr hergegangen, hast sie angestarrt. Und dann hast du dich zu uns rumgedreht und gesagt, ›Sie ist einfach *so* Tom Cruise.‹«

»Was hab ich gesagt?«

»Sie ist einfach *so* Tom Cruise.«

»Was zur Hölle soll das heißen?«

»Na, das hab ich dich auch gefragt. Im Traum. Ich sagte, ›Bob, was meinst du?‹ Und du hast gesagt, ›Das sage ich, wenn Leute sexy sind. Ich sage dann, sie sind *Tom Cruise*.‹«

Da prustete der Kleine los.

»Tom Cruise«, sagte er, und er konnte sich kaum halten. »Das gefällt mir. Vielleicht sollten wir es ihm erzählen, falls wir ihn hier oben sehen.«

Aber wir sahen ihn nicht. Und wir sahen auch sonst niemand.

Als Bev vor jedem Haus gestanden hatte, das sie hatte sehen wollen, ließ sie Bob noch mal eine kurze Runde durch die ganze Gegend drehen, nur um einen letzten Blick drauf zu werfen, aber da war sie schon wieder still geworden. Sie ließ ihn nur noch einmal anhalten, als wir schon fast wieder am Fuße des Hügels waren, weil sie mit mir die Sitze tauschen wollte.

Doch als wir aus dem Auto stiegen, stand mir eine Überraschung bevor. Sie gab mir einen Kuß auf die Wange und dankte mir, daß wir sie dort raufgebracht hatten. Dann, als wir wieder einstiegen, legte sie sich hin und wir machten uns auf den langen Weg aus L. A. hinaus.

Und jedes Mal, wenn der Verkehr ins Stocken kam und die CD leiser wurde, weil der Motor langsamer lief, konnten wir sie da hinten weinen hören.

11

Die einfachste Strecke wäre der Highway 40 gewesen, den ganzen Weg runter bis nach Memphis. Aber ich schaute auf die Karte und sah, daß wir auch über Phoenix fahren konnten.

»Das ist ein Umweg von hundert Meilen«, sagte Bob. »Vielleicht mehr.«

Aber ich konnte ihn überzeugen. Ich wollte die Chance nicht verpassen, den Ort zu sehen, den Glen in einem seiner besten Songs besang. Also bogen wir auf den Highway 10, und ich grub die Glen-CD wieder aus und legtc sie ein.

Mit dem Repeat-Knopf ließ ich ein paar Mal ›By the Time I Get to Phoenix‹ laufen, nur um uns in Stimmung zu bringen, dann schaltete ich zum Anfang zurück und ließ die gesamte CD durchlaufen.

Bev war inzwischen eingeschlafen. Schnarchen hatte ihr Weinen ersetzt, und sie schlief fast den ganzen Tag durch.

Es war verdammt seltsam, wieder unterwegs zu sein. Ich hatte fast vergessen, wie das war. Hatte vergessen, wie langweilig es sein konnte, und wie verdammt mühsam es war, den ganzen Tag einfach nur dazusitzen, ohne den Verstand zu verlieren.

Am frühen Abend sahen wir zum ersten Mal Schilder, die Phoenix ankündigten, und zwischen da und der Abfahrt aus L. A. hatten wir nicht viel anderes gesehen. Es hatte mich schrecklich runtergezogen. Aber als die ersten Schilder auftauchten, kam ich langsam wieder zu mir, und ich machte die CD wieder an und rieb mir die Hände, um richtig wach zu werden.

Es dauerte dann auch nicht lang, bis Bevs Kopf zwischen den Vordersitzen erschien. Sie kämpfte, um die Augen aufzukriegen, und starrte durch die Windschutzscheibe nach draußen.

»Wo sind wir?« fragte sie verwirrt.

»Bei Phoenix«, sagte ich.

Sie kniff die Augen zusammen und verzog das Gesicht.

»Was ist das?« fragte sie.

»Wo?«

»Da vorne. Ist das eine Teekanne?«

»Aye.«

»Wem gehört sie?«

»Bob. Er hat sie in L. A. gekauft.«

»Ich hab mir gedacht, sie sieht ziemlich Tom Cruise aus«, sagte Bob, und sie lachte.

Dann verschwand ihr Kopf wieder.

Zu beiden Seiten der Straße tauchten die ersten Gebäude auf, und bald waren wir auf der Hauptstraße, die in die Stadt reinführte. Die Sonne stand tief, und ich mußte den Song noch mal spielen. Es war ein verdammt tolles Gefühl, fast da zu sein. Wir fuhren immer weiter diese Straße runter, und da waren Hotels und Fast Food-Läden und Tankstellen auf beiden Seiten, und es war verdammt irre, beinahe an dem Ort zu sein, von dem der Song handelte. Jedes Mal, wenn ich ihn gehört hatte, war vor meinem inneren Auge ein verschwommenes Bild aufgetaucht, und jetzt konnte ich mir anschauen, wie es wirklich aussah.

Dann ging es bergauf und nach rechts, zwischen all den anderen Straßen, die sich übereinandertürmten und in alle Richtungen verliefen.

»Scheiße ...« sagte Bob. »Wo zur Hölle muß ich hin?«

»Fahr einfach ins Zentrum«, meinte ich.

»Scheiße«, sagte er noch mal und versuchte durch den Verkehrsfluß zu kommen, um uns auf eine andere Straße zu bringen.

Er schwang rüber, und dann schwang er noch mal rüber, und ich fing die Teekanne, als sie mir entgegenrutschte.

»Weißt du was, Peacock«, sagte er. »Ich glaube, das war's.«

»Das war was?«

»Phoenix. Ich glaub, das war's.«

»Was war's?«

»Die Straße, die wir langgefahren sind, um hierher zu kommen. Da waren wir schon wieder auf dem Weg raus.«

Er hatte uns zurück auf die Straße gebracht, die wir runtergekommen waren, und jetzt waren wir auf der anderen Seite – und fuhren sie wieder rauf.

»Das kann nicht sein«, sagte ich. »Wir müssen eine Abzweigung verpaßt haben.«

Bev kam ein weiteres Mal zwischen den Sitzen zum Vorschein.

»Ich sterbe vor Hunger«, sagte sie.

»Ich auch«, antwortete Bob. »Soll ich hier oben irgendwo halten?«

»Wart noch eine Minute«, sagte ich. »Laß uns erstmal diesen verfluchten Ort finden. Laß uns das Stadtzentrum finden, und dann können wir dort was essen.«

»Das ist es, Peacock«, sagte Bob. »Mehr gibt's hier nicht.«

Ich konnte es, verdammt noch mal, nicht glauben.

Bob bemühte sich, eine Abfahrt von der Straße

zu finden, auf der wir waren, um zu den dort liegenden Lokalen zu kommen, und wir landeten auf einer holprigen Straße dahinter und fuhren da runter, bis sie was fanden, worauf sie Appetit hatten.

Als sie reingingen, mußte ich für ein paar Minuten allein im Auto bleiben und versuchen, damit klarzukommen. Ich konnte es einfach nicht glauben. Es ergab keinen Sinn. Und ich saß nur da und sah den Himmel dunkel werden und fühlte mich absolut verdammt beschissen.

*

Nachdem wir gegessen hatten, sahen wir zu, daß wir so schnell wie möglich von dort wegkamen. Unterwegs hatte ich mit dem Gedanken gespielt, uns da vielleicht ein Zimmer für die Nacht zu nehmen, aber wir verpißten uns lieber, so schnell wir konnten.

Wir fuhren zurück auf die Straße, die sich nach rechts raufschwang, und bald gab es wieder nichts als verstreute Häuser, wie wir sie schon auf dem Weg rein gesehen hatten, bevor wir auf diesen Straßenstreifen gestoßen waren, und das alles ergab nicht besonders viel Sinn. Die Häuser standen alle einfach wahllos in der Gegend verstreut.

»Was für eine verfluchte Stadt«, murmelte ich.

»Sieht so aus, als hätte jemand sie einfach vom Himmel fallen lassen«, sagte Bev. »Und dann hat er alles dort liegengelassen, wo es gerade landete.«

Glens CD dudelte wieder los, als Bob den Motor startete, aber Bev lehnte sich vor und nahm sie raus.

»Ich glaube, wir brauchen davon mal eine Pause«, sagte sie, und ich stimmte ihr zu. Wir stimmten ihr zu. Aber das, was sie statt dessen einlegte, hätten wir auch nicht gebraucht. Sie legte ihre eigene verdammte CD ein.

»Ach, komm schon«, sagte ich. »Was soll der Scheiß, Bev.«

»Laß mich in Ruhe«, sagte sie. »Ich fang gerade an, mich besser zu fühlen, und das läßt mich glauben, ich wäre zurück in L. A.«

Nachdem es zu Ende war, spielte sie es noch zweimal durch, und es plärrte weiter, während wir zum Highway 40 fuhren.

»Ich werd auf dem Highway an einem Motel halten«, sagte Bob. »Dann können wir am Morgen geradewegs nach Memphis durchrauschen.«

»Ich hoffe, das enttäuscht uns nicht so wie dieser dämliche Ort hier«, sagte ich.

»Wird es nicht«, meinte er. »Es ist Memphis, Peacock. Nicht dieses Scheiß-Phoenix.«

»Hoffen wir's«, sagte ich, und ich wünschte mir, ich hätte ihn nie zu diesem Umweg überredet. Wir hätten jetzt schon hundert Meilen weiter sein können, und ich war mir nicht sicher, ob sich der Song jemals erholen würde. Falls ja, würde es eine lange Zeit dauern.

Eine verdammt lange Zeit.

III

Als wir das Motel am nächsten Morgen verließen, groggy und noch im Halbschlaf, warteten drei Überraschungen auf uns. Die erste war ziemlich klein, aber sie weckte uns trotzdem. Es war der Sound von Bevs Song, der wirklich verdammt laut losplärrte, als Bob den Motor anließ. Wir fuhren alle vor Schreck zusammen, und ich zog die CD raus und warf sie nach hinten.

»Tu das weg«, sagte ich. Es war bei Gott nicht die Art von Song, mit der man den Tag anfangen will, ganz besonders nicht in dieser Scheiß-Lautstärke.

Unsere nächste Überraschung war, wie verdammt toll die Landschaft aussah, als wir nach New Mexico kamen, ganz besonders nach dem Stumpfsinn des Vortages. Und das half uns auch dabei aufzuwachen. Bev machte sogar einen kleinen Scherz, als wir von Arizona aus rüberfuhren.

»Hier kommt die Staatsgrenze, Peacock«, sagte sie. »Willst du, daß wir anhalten und dich in den Kofferraum stecken?«

Aber die dritte Überraschung, die war's dann. Die war das, worauf uns die beiden anderen vorbereitet hatten, und sie passierte nicht allzu lange, nachdem wir nach New Mexico rübergefahren waren.

Wir waren immer noch verblüfft von der Landschaft, machten uns die ganze Zeit gegenseitig auf Dinge aufmerksam, und dann machte Bob uns auf etwas aufmerksam. Etwas hinter uns.

»Scheiße«, sagte er. »Das ist nicht gut.«

Bev und ich drehten uns rum, um zu sehen, was es war, und es war ein Licht.

Ein Blaulicht.

»Verflucht noch mal«, sagte Bob und schlug mit der Hand aufs Lenkrad.

Das Licht kam näher und näher, bis es gleichmäßig hinter uns blieb, und Bob fuhr an den Straßenrand.

Sie fuhren auch an die Seite und standen, wie es mir vorkam, eine verdammte Ewigkeit mit immer noch blinkendem Blaulicht hinter uns, und Bev fragte ständig, was los sei. Wir sagten ihr, wir hätten nicht die geringste Ahnung, und hofften, daß wir recht hätten.

»Ich bin im Tempolimit gefahren«, sagte Bob, und schaute zur Teekanne auf dem Armaturenbrett.

Langsam öffnete sich die Fahrertür hinter uns, und der Bulle kam auf unser Auto zu. Bob ließ sein Fenster runter, und bald waren das Gesicht, die Mütze und die gewaltige verfluchte Sonnenbrille alle bei uns drin.

»N'Morgen, Jungs«, sagte der Bulle. »Guten Morgen, Ma'am.«

»Was gibt's für ein Problem, Sir?« fragte Bob.

Bob sah nicht allzu gut aus. Er sah ungefähr so schlecht aus wie neulich, als wir von diesem Haus weggefahren waren und er gerade sein Wurm-Erlebnis gehabt hatte. Aber der Bulle antwortete nicht. Ich glaube nicht, daß er ihn überhaupt ansah, obwohl schwer zu sagen war, wohin er überhaupt schaute, mit dieser verdammten Riesenbrille. Man hätte nicht mal sagen können, ob er überhaupt Augen hatte.

Er stand einfach da, ohne etwas zu sagen, und dann zeigte er auf die Teekanne.

»Ihr Jungs brüht euch einen auf?« fragte er, und er sagte zu Bob, er solle sie ihm herausreichen. Er schaute sie sich von außen an und hob dann den Deckel.

»Heiliger Strohsack«, sagte er und tat den Dekkel schnell wieder drauf. »Tu das weg«, sagte er zu Bob. »Das ist *übel.*«

Zitterig nahm Bob sie ihm ab und stellte sie zurück aufs Armaturenbrett, dann fragte er mit ruhiger Stimme noch mal, was das Problem wäre.

»Das Problem ist«, sagte der Bulle, »daß dieses Fahrzeug als gestohlen gemeldet ist. Steigen Sie bitte aus.«

Währenddessen war der andere Bulle aufgetaucht, und gleich darauf standen ich, Bob und Bev alle mit unseren Händen an den Fenstern und mit gespreizten Beinen da, und die tasteten mit Knarren, auf der Suche nach anderen Knarren, die Innenseiten unserer Schenkel ab.

»Ich glaube, hier liegt ein Mißverständnis vor«, hörte ich Bob sagen.

»Mmh-hm«, erwiderte der Bulle. »Lassen Sie Ihre Hände auf dem Fahrzeug, bitte.«

Als sie damit zufrieden waren, daß wir keine Knarren hatten, steckten sie ihre eigenen Knarren weg, und ich hörte, wie die Handschellen zu rasseln anfingen.

»Das ist ein Leihwagen«, sagte Bob schnell. »Wir sind auf dem Weg, den Mietvertrag in Albuquerque zu verlängern.«

Ich weiß nicht, ob es wirklich das war, was wir vorhatten. Um ehrlich zu sein, ich hatte den ganzen verdammten Mietvertrag wieder vergessen, aber es schien sie zögern zu lassen.

»Laut meiner Information ist der Mietvertrag für dieses Fahrzeug vor vierundzwanzig Stunden abgelaufen«, sagte der erste Bulle. »Das bedeutet, daß das Fahrzeug jetzt als gestohlen gilt.«

In rasender Eile erzählte Bob ihm die ganze traurige Geschichte, wie wir versucht hatten, den Vertrag verlängern zu lassen, und von der Filiale, die Sonntags zu war.

Der erste Bulle flüsterte dem zweiten etwas zu, und der zweite flüsterte etwas zurück. Sie erlaubten uns dann, uns umzudrehen, und der erste ging weg zu ihrem Wagen, das Funkgerät benutzen.

»Also«, sagte der zweite, nachdem der andere ein Weilchen weg war, und wir alle einfach nur dastanden und uns fragten, was zur Hölle jetzt käme. »Also, wo kommt ihr alle denn her?«

»Aus L. A., Sir«, sagte Bob zu ihm. »Ich bin aus New York City, und die beiden hier sind aus Schottland. Ich zeige ihnen das Land.«

»Schottland?« sagte er. »Das ist ein schönes Land. Was haltet ihr zwei denn bisher von den Vereinigten Staaten?«

Eine verdammt seltsame Frage in dieser Situation, und es war verdammt schwer, irgendwas zu antworten, was er würde hören wollen. Was zum Teufel *kannst* du über ein Land sagen, in dem du ein Auto mietest, versuchst, dafür zu bezahlen, um es nochmal zu mieten, und dann am Rand eines Scheiß-Highways landest, wo dir ein Bulle seine Knarre innen an den Beinen auf und ab reibt und dich dann fragt, was du von seinem Land hältst.

Bev rettete uns. »Dieser Bundesstaat ist einfach

wunderschön«, sagte sie. »Die Landschaft ist schlichtweg atemberaubend. Ich fand auch L. A. super. Ich bin ein großer Fan von all den alten Filmen, also war es toll für mich, Hollywood zu sehen. Ich hab bisher sehr viel Spaß gehabt.«

»Das ist ein wundervoller Akzent«, sagte der Bulle zu ihr und meinte damit, daß er kein einziges verdammtes Wort verstanden hatte. »Wohin wollt ihr jetzt?«

»Washington, DC, Sir«, sagte Bob. »Ein paar Freunde besuchen. Dann zurück nach New York.«

Wir hörten die Autotür zuschlagen, und der erste marschierte wieder langsam auf uns zu. Als er zu Bob kam, wollte er seinen Führerschein sehen und den Mietvertrag für das Auto, und Bob holte beides raus.

»Ich sag euch jetzt, was passieren wird«, sagte der Bulle, nachdem er eine Weile draufgestarrt hatte. »Ich hab die Filiale in Albuquerque angefunkt. Sie liegt am Flughafen. Die erwarten euch, deshalb möchte ich, daß ihr direkt dorthin fahrt.«

Er gab Bob seinen Kram zurück.

»Wohin wollt ihr fahren, wenn ihr durch Albuquerque durch seid?« fragte er, und der andere erzählte es ihm.

»DC«, sagte er. »Diese beiden hier sind aus Schottland.«

Er nickte langsam und schaute uns an.

»Das würde die Teekanne erklären«, sagte er. »Na gut. Macht euch auf den Weg zum Flughafen.«

Wir stiegen ins Auto, und sie gingen zu ihrem. Ich schnallte mich an und drehte mich zu Bev um, und da sah ich den ersten zu uns zurückkommen.

»Jetzt kommt's«, sagte ich zu Bob, und er ließ

das Fenster wieder runter. Diesmal gab es keine Sonnenbrille. Das Arschloch hatte doch Augen.

»Noch eine Sache«, sagte er und schob seinen Kopf weiter zu uns rein. Er zeigte auf die Teekanne.

»Das da«, sagte er. »Spült das aus. Sonst wird sich noch jemand eine Krankheit holen.«

Und dann war er weg.

IV

Es gab ein Riesen-Gejohle und Geschrei, als wir wieder auf die Straße bogen, und das meiste davon kam von dem Kleinen. Sobald klar war, daß sie uns nicht folgten, nahm er die Hände vom Steuer und boxte damit in die Luft. Dann fing er an, das Lenkrad mit seinen Fäusten zu bearbeiten und zu lachen.

»Das war fürchterlich, verdammte Scheiße«, sagte er. »Jesus Christus, Peacock, ich dachte, wir sind geliefert.«

»Was ist in dieser Teekanne drin?« fragte Bev dann. »Gib sie mir mal hinter und laß mich reinschauen.«

Ich gab sie ihr, und sie hob den Deckel.

»Bah ...« stöhnte sie. »Das ist ja widerlich, Bob. Haben sie die dir so verkauft?«

»Mmh-hm.«

»Warum hast du nicht gesagt, sie sollen sie zuerst sauber machen?«

»Ich hab nicht reingeschaut.«

»Igitt, Bob«, sagte sie. Sie tat den Deckel wieder drauf und betrachtete die Außenseite, wie der Bulle es getan hatte.

»Aber es ist ein hübsches Design«, sagte sie. »Du solltest sie ausspülen, Bob. Sie könnte etwas wert sein. Sie sieht aus wie aus den Dreißigern.«

»Ich werd sie saubermachen«, sagte Bob, und Bev gab sie mir zurück.

Das mit dem Verlängern des Mietvertrages war immer noch nicht einfach, als wir nach Albuquerque kamen. Es stellte sich raus, daß die verfluchte Filiale in Chicago, von der wir den Wagen hatten, ein individueller Franchise-Nehmer war und kein offizielles Büro der Mietwagenkette, und das machte saumäßige endlose Probleme.

Als erstes erzählte uns der Kerl am Schalter, daß der einzige Ort, wo wir den Mietvertrag erneuern könnten, eben dort in Chicago sei. Dann, als wir ihm so ungefähr alles erklärten, was wir bis dahin durchgemacht hatten, gab er jedem von uns einen Gutschein für einen Kaffee an einem Stand im Flughafen und sagte, er würde sehen, was er tun könnte.

Am Ende saßen wir mehr als anderthalb Stunden da fest, und die Kaffeegutscheine waren so gut wie nutzlos. Der Stand war derart belagert von anderen Leuten, die von Firmen im Flughafen verarscht worden waren, daß wir von keiner verdammen Seite an ihn rankommen konnten.

Dennoch konnte man diesen Flughafen viel eher eine Stadt nennen als Phoenix, und wir kauften ein bißchen was ein, um uns die Zeit zu vertreiben. Bob erstand ein neues Paar Cowboystiefel, und ich besorgte mir einen ledernen Cowboyhut. Bev kaufte allen möglichen Touristen-Scheißdreck, auf dem Albuquerque stand, und etwas Spülmittel für Bob's Teekanne.

Dann gingen wir zurück zum Schalter.

Dann gingen wir zurück in die Läden.

Dann gingen wir zurück zum Schalter.

Dann gingen wir zurück in die Läden.

Insgesamt vier Mal, verfluchte Scheiße, bevor der Kerl fertig war. Und jedesmal, wenn wir in die Läden zurückgingen, kaufte Bev noch mehr Scheißdreck. Ich dachte schon, die ganze Sache würde uns in den verdammten Ruin treiben. Aber endlich hatte der Kerl es geklärt, und er ließ uns bei sich bezahlen.

»Ich kann Ihnen hier keinen verlängerten Mietvertrag geben«, sagte er. »Aber dieses Papier sollte es absichern. Wenn Sie den alten Mietvertrag behalten, und das hier dazulegen, dann zeigt das Ihre Berechtigung, den Wagen zu fahren.«

Er gab Bob beides und entschuldigte sich für die Unannehmlichkeit. Er gab uns auch allen noch einen Kaffeegutschein, aber wir hatten immer noch keine Lust, die dämlichen Dinger einzulösen.

»Dieser verfluchte Stand hat ausgesorgt«, sagte Bob, als wir gingen. »Die werden immer ein Geschäft machen, solange sie ihr Geld damit verdienen, daß andere Läden Scheiße bauen. Ich sollte mir überlegen, selbst so etwas aufzuziehen.«

Und es gab kein Gejohle und Geschrei, als wir dieses Mal wieder auf die Straße fuhren. Wir waren alle total ausgepumpt. Bev schlief hinten drin ein, und ich legte ein wenig Glen auf und schlief dann auch. Es waren einfach zu viele Scheiß-Überraschungen für einen Morgen gewesen.

*

Während der nächsten zwei Tage hoffte ich wirklich, daß sich Memphis nicht als das entpuppte, was Phoenix gewesen war. Wann immer wir jetzt Glen spielten, mußte ich den Song überspringen. Ich fand ihn nur noch Scheiße.

Wir erreichten Memphis schließlich am späten Abend und fanden auf dem Weg zum Zentrum ein Motel. Und wir schmiedeten einige Pläne für den nächsten Tag.

»Wißt ihr, was wir tun sollten?« sagte Bob. »Wir sollten uns eine kleine Pause gönnen und morgen ein paar Stunden hier bleiben. Uns Graceland richtig anschauen.«

»Du fauler Hund«, lachte ich.

»Was?«

»Du willst nur eine Pause vom Fahren, Junge.«

»War 'ne verdammt lange Strecke, Peacock.«

»Er muß total kaputt sein«, sagte Bev. »Ich bin total kaputt, und ich hab noch nicht mal was gemacht. Laß den kleinen Irren ausruhen, Peacock. Er muß doch fast umkippen.«

»Mir geht's gut«, meinte Bob. »Fahren fällt mir leicht. In meinem ersten Job mußte ich Comichefte durchs Land karren. Das hat mich darauf vorbereitet.«

»Du bist ein verfluchter Lügner, Kumpel.«

»Was?«

»Das ist der dritte erste Job, von dem du mir erzählt hast. Ich dachte, du wärst ein Party-Boy gewesen.«

»Ich war ein Party-Boy.«

»Du hast mir erzählt, das sei dein erster Job gewesen. Und du hast mir erzählt, dein erster Job war bei dem beknackten Bostoner Ballett.«

»Ich hab beim Bostoner Ballett gearbeitet. Und ich war ein Party-Boy. Aber das waren nicht meine ersten Jobs. Mein erster Job war, Comichefte auszuliefern. Als ich achtzehn war.«

Bev lachte.

»Was um Gottes willen ist ein *Party*-Boy?« fragte sie. »Ist das so was wie ein Strichjunge? Warst du ein Stricher, Bob? Ich hab mir immer gedacht, daß du ein klein bißchen komisch wirkst, mit diesem Haarnetz, das du dauernd aufhast. War ...«

»Ich war keine verdammte Nutte«, schrie Bob, und Bev prustete los. Sie fiel rücklings aufs Bett und zog die Knie an und brüllte vor Lachen.

»Warst du, oder?« sagte sie, und kriegte die Worte fast nicht raus. »Warst du. Jetzt ergibt das alles allmählich Sinn.«

Bob versuchte wütend dreinzuschauen, aber bei ihrem Gegacker fiel es ihm schwer, ernst zu bleiben.

»War ich nicht«, beharrte er. »Ich war ein Party-Boy.«

»Oh, Peacock«, gluckste Bev. »Hilf mir, ich werd hysterisch.«

Als sie sich beruhigt hatte, erklärte ihr Bob, was ein Party-Boy wirklich war, zumindest seiner Auffassung nach.

»Und das war dein *Job*?« fragte sie.

»Das war mein Job. Das hatte nichts mit Prostitution zu tun, verdammt.«

»Das dachte er«, sagte ich zu Bev. »Aber er konnte sich nicht erklären, warum er da als einziger kein Geld verdiente.«

»Oh, hör auf, Peacock«, sagte sie. »Hör auf. Das ist fies. Mir kommen gleich die Tränen.«

»Also das war dein erster Job?« fragte ich Bob.

»Nein. Du weißt, daß er das nicht war. Mein erster Job war, Comichefte auszuliefern. Als ich achtzehn war. Manchmal mußte ich zwanzig Stunden am Stück fahren, und deshalb ist Fahren kein Problem für mich. Ich hab nur gedacht, wir sollten uns den Ort hier richtig anschauen.«

»Und es wird nicht so sein wie Phoenix?«

»Es ist nicht Phoenix, Peacock.«

»Du bist sicher, daß wir nicht schon mittendrin sind?«

»Verdammt sicher. Wir sind erst auf dem Weg rein. Es ist Memphis, Peacock. Elvistown. Graceland.«

»Na gut«, sagte ich. »Na gut.«

V

Und dieses Mal log er nicht. Es *war* Memphis; es war nicht Phoenix. Vielleicht nicht genauso wie das Bild, das ich im Kopf hatte, aber es hatte die richtige Atmosphäre, und es war eine richtige verdammte Stadt.

Auf dem Weg rein fragte Bev, ob sie vorne sitzen könnte, um alles gut zu sehen, also ließ ich sie. Aber ich konnte nicht glauben, was sie da tat. Mal sehen, was du dazu sagst. Sie legte ihre eigene Scheiß-CD ein. Sie meinte, wir würden uns jetzt die beknackte Beverly Johnson anhören. Während wir nach Memphis reinfuhren. Die Tussi hatte sie doch nicht alle.

»Was zur Hölle soll denn das?« fragte ich.

»Ich hör das *gern*«, sagte sie.

»Du vielleicht«, meinte ich. »Aber es paßt nicht, du dämliche Kuh. Wir sind in Memphis. Du kannst dir diesen Scheiß nicht auf dem Weg nach Graceland anhören.«

»Ich kann mir auf dem Weg nach Graceland anhören, was ich will«, sagte sie. »Dafür gibt es keine Regeln, und ich will genau das hören.«

»Mach's verflucht noch mal *aus*«, schrie ich.

»Ich höre es mir *an*, Peacock.«

Ich schob mich zwischen die Vordersitze und langte nach dem Apparat, aber sie packte meine Handgelenke.

»*Pea*cock«, brüllte sie.

»Mach's aus, Bev.«

»*Nein*. Immer willst du mir alles vermiesen, du Riesenarschloch.«

Ich versuchte nahe genug ranzukommen, um den Knopf für den CD-Auswurf zu drücken, aber sie stieß meine Hände mit Gewalt weg, und wir prallten gegen Bob.

»Kinder«, schrie er. »Euer Vater versucht hier zu fahren. Treib's nicht zu weit, Peacock.«

»Sag ihr, sie soll's ausmachen, Kumpel«, sagte ich.

»Nein, das wird er *nicht*, Peacock. Und jetzt lehn dich verdammt noch mal einfach zurück.«

Ich langte noch mal hin, und sie knallte mich wieder gegen Bob.

»Ich warne euch, alle beide«, sagte er. »Und ich sag's nicht noch mal.«

»Da«, sagte Bev und ließ meine Hände los. »Der verdammte Song ist zu Ende. Ich hab ihn verpaßt.

Leg auf, was zur Hölle du willst, Peacock, ist mir egal.«

Also sagte ich ihr, sie solle die Elvis CD einlegen, aber sie war ein bißchen eingeschnappt.

»Leg sie selber ein«, sagte sie.

»Mach du das, Bob«, sagte ich, und Bob gab Zunder. Dann lehnte ich mich im Sitz zurück und schaute aus dem Fenster.

Auf dem Elvis Presley Boulevard anzukommen, war unglaublich. Verflucht unglaublich. Es gab Motels, die Elvis-Filme anpriesen, in allen Zimmern und vierundzwanzig Stunden am Tag, und alles war einfach nur Elvis. Und zu wissen, daß die Straße zu dem Haus führte, in dem er gelebt hatte, das war schon absolut irre.

Weiter unten am Boulevard sahen wir ein Schild mit einem Pfeil, auf dem Graceland stand, und Bob folgte dem Pfeil und landete auf einem Parkplatz.

»Jetzt geht's los, Kinder«, sagte er und suchte eine Lücke. Auf dem Platz standen doch tatsächlich zwei verdammte Flugzeuge.

Sobald er anhielt, sprang ich aus dem Wagen, aber Bev war immer noch ein bißchen eingeschnappt.

»Ich werd es mir *jetzt* anhören«, sagte sie.

»Was?«

»Ich bleib im Auto, bis ich es gehört habe.«

»Ach, zum Teufel noch mal, Bev.«

»Laß es mich anhören, Peacock.«

»Aber wir sind da, Bev«

»Laß mich«, sagte sie.

Also trieben ich und Bob uns auf dem Parkplatz rum, während sie sich ihren verdammten Song reinzog.

Wir gingen rüber zu den Flugzeugen und guckten sie uns an. Sie hatten beide das Blitz-Logo von Elvis auf dem Schwanz, mit den Buchstaben ›TCB‹ drüber.

»Das muß irre gewesen sein«, sagte ich zu Bob. »Stell dir vor, du hast dein eigenes Flugzeug, in dem du rumfliegen kannst.«

»Wird nicht mehr lange dauern«, sagte er. »Wart nur, bis die Platte rauskommt.«

»Das wär verrückt«, sagte ich, und wir lachten.

Wir gingen zum Auto zurück und sahen, wie sich Bevs Lippen beim Mitsingen bewegten. Ich haute gegen das Fenster, und sie hob den Finger und preßte ihn gegen das Glas. Sie streckte die Zunge raus.

»Komm schon«, rief ich.

Sie schüttelte den Kopf und stellte es lauter, und sie fing wieder an zu singen.

Als es endlich zu Ende war, stieg sie aus.

»Bist du jetzt glücklich?« fragte ich.

»Verpiß dich, Peacock«, sagte sie. »Laß mich in Ruhe.«

*

In einem der Läden kaufte Bob eine Halskette mit einem Elvis-Blitz. Er war mit falschen Diamanten besetzt und hatte die Buchstaben oben drüber, da, wo die Kette durchlief.

»Was heißt TCB?« fragte Bev, als er ihr die Kette zeigte.

»Taking care of business – Sich ums Geschäft kümmern,« sagte er. »Das war sein Motto.«

»Das haben die hier aber voll in die Praxis umgesetzt«, meinte sie. »Dieser Ort ist ein verdammter Witz.«

Auf der einen Straßenseite gab es nur Geschäfte, in denen du all den Elvis-Kram kaufen konntest, den du dir überhaupt vorstellen kannst, und noch eine Menge mehr, was du dir wahrscheinlich nie hättest vorstellen können. Und zwischen den Läden waren Cafés und Restaurants, die alle Elvis' Lieblingsspeisen servierten.

Auf der anderen Straßenseite war Graceland.

»Wovon zur Hölle redest du?« fragte ich Bev. »Wieso ist das ein Witz? Dieser Ort ist verdammt toll.«

»Der reinste Nepp, Peacock«, sagte sie. »Was hat irgendwas von diesem Zeug mit Elvis zu tun?«

»Das hat eine ganze Menge mehr mit Elvis zu tun, als irgendwas von dem Scheiß in L. A. mit Hollywood zu tun hatte.«

»Red keinen Mist, Peacock.«

Ich zeigte über die Straße.

»Da ist sein verdammtes *Haus*, Bev«, sagte ich.

»Na schön. Aber der ganze Rest ist Scheiße. Und schau dir die verdammte Schlange an, um rüber zum Haus zu kommen. Da mußt du dich den ganzen Tag anstellen, nachdem du ein Vermögen für das Vergnügen bezahlt hast.«

»Es kostet bestimmt nicht mehr als diese Führungen in Hollywood.«

»Peacock, hör auf, von Hollywood zu reden. Was hat das mit Hollywood zu tun? Kann ich nicht mal eine Meinung äußern, ohne daß du mir an die Gurgel gehst?«

»Nicht, wenn es eine verdammt lächerliche Meinung ist«, sagte ich. »Ich hab gedacht, du magst Elvis.«

»Ich mag Elvis auch. Großer Gott ...«

»Was ist dann das verdammte Problem?«

»Peacock, halt dein verdammtes Maul. Hör auf, mit mir zu reden. Du machst mich ja irre, verfluchte Scheiße.«

Jedenfalls mußten wir uns nicht anstellen oder was bezahlen, um das Haus zu sehen. Man mußte zahlen und Schlange stehen, wenn man rein wollte, aber keiner von uns wollte rein. Nicht zuletzt, weil sie dich in einem dämlichen kleinen Bus dort rüberschafften, und dann in Gruppen durchs Haus schleppten. Wir gingen allein über die Straße und lehnten uns an die Mauer, guckten drüber.

»Das ist schon was, zum Teufel«, sagte Bob, nachdem er lange Zeit schweigend dagestanden hatte. »Stell dir nur mal vor, was da oben alles passiert ist. All die Sachen, die sie getrieben haben. Wasserschlachten ...«

»Wasserschlachten?«

»All das«, sagte er, und ich starrte ihn an.

Was mich am meisten erstaunte, war die fehlende Abgeschiedenheit. Daß wir uns sogar einfach so an die Mauer lehnen und drüberschauen konnten, und von dort aus war das Haus und das ganze Gelände zu sehen. Das Haus lag schon ein ganzes Stück weit drinnen, aber die Mauer stand an der Hauptstraße. Ein himmelweiter Unterschied zu all diesen Scheiß-Villen oben in Beverly Hills. War nicht die Sorte Haus, in dem jemand so Berühmtes heute leben könnte.

»Und was ist mit all dem hier?« sagte Bob zu Bev,

und sie nickte. Sie wanderte herum und las all die Botschaften, die auf die Mauer und den Gehsteig gekratzt und geschrieben waren.

»Es ist unglaublich«, meinte sie.

Manche Leute hatten auch Blumen hingelegt, und alle möglichen anderen Geschenke waren in Löcher in der Mauer gestopft worden.

Wir gingen weiter entlang zum Graceland-Tor mit den Musiknoten drauf. Weil das Tor offen stand, zeigte es nicht die volle Wirkung, aber es war trotzdem ziemlich ausgefallen. Und wieder war ich erstaunt, wie niedrig es war.

»Ich muß es ausprobieren und reingehen«, sagte Bob dann zu uns. »Ich kann nicht widerstehen. Darf man von hier aus rein?«

»Du mußt mit diesem beschissenen kleinen Bus fahren«, sagte ich.

»Ich werd's trotzdem versuchen«, sagte er. »Wünscht mir Glück.«

Ein Pförtner saß in einer Kabine direkt am Eingang, und als Bob durchging, nickte er dem Typen zu und sagte: »Guten Tag, Sir.«

»Wo willst du denn hin, Freundchen?« rief der Pförtner.

»Ich will ...« antwortete Bob, und dann, ganz plötzlich, sprintete er los.

»Hey, *Hey*!« schrie der Pförtner, und die Tür der kleinen Kabine flog auf.

Da rannte Bob schneller und wich vom Hauptweg auf den Rasen aus.

Wir gingen dahin zurück, wo wir vorher gewesen waren, um besser sehen zu können.

»Hey«, schrie der Typ wieder. »Komm zurück. Wenn du reinwillst, nimm den Bus.«

Bob drehte sich zu dem Typen um und hüpfte rückwärts weiter.

»Beruhig dich«, schrie Bob ihm zu. »Komm schon, wir machen eine Wasserschlacht. Es wird genauso sein wie damals.«

Dann prustete er los, bog sich vor lauter Kichern, während er rumhüpfte.

»Es reicht«, sagte der Typ. »Du hast deinen Spaß gehabt. Treib's nicht zu weit.«

»Nur eine kleine Wasserschlacht«, rief Bob zurück. »Bring den Schlauch in Stellung. Komm über die Mauer, Peacock. Wir machen einen drauf.«

Dann erschienen zwei weitere uniformierte Typen oben auf dem Rasen und stürmten in seine Richtung. Bob sah nur den einen Kerl, und bald hatten ihn die beiden anderen mit dem Gesicht nach unten im Gras liegen und ihm den Arm auf den Rücken gedreht. Er lachte und lachte immer noch. Er hatte einen seltsamen kleinen Schrei ausgestoßen, als er zu Boden ging, aber jetzt lachte er wieder.

»Ein bißchen Ringen«, rief er uns zu, als sie ihn auf die Füße zerrten und zum Tor verfrachteten.

»In Ordnung, Jungs«, sagte er. »Jetzt beruhigt euch mal, ich geh ja schon.«

Dafür stießen sie ihn noch fester, und als sie das Tor erreichten, gaben sie ihm noch einen ordentlichen Schubs, und er landete auf dem Boden.

Einer der Idioten-Busse fuhr gerade am Tor vor, als Bob hinfiel, aber er stand auf, klopfte sich ab und machte eine kleine Verbeugung vor den Leuten.

»Sich schlagen auf des Königs Rasen«, sagte er zu uns, als der Bus reingefahren war und kicherte immer noch vor sich hin.

»Du bist ein Irrer«, sagte Bev, aber auch sie lachte.

»Ich sag euch, was ich tun werde«, sagte er und nahm sein Haarnetz ab. »Ich werde das als Geschenk für den King hierlassen.« Und er stopfte es in eines der Löcher in der Mauer.

Der Pförtner und die beiden Wächter standen immer noch am Eingang, und er warf ihnen einen kurzen Blick zu. Dann, ganz plötzlich, war er zurück über die Mauer und stand wieder auf dem Rasen und johlte.

Er schaute zu, wie sie über den Rasen auf ihn zukamen, und dann kletterte er schnell auf den Gehsteig zurück.

»Gehen wir«, meinte er und rannte über die Straße.

»Sie hat Recht«, sagte ich, als wir ihn auf dem Parkplatz einholten. »Du bist ein verdammter Irrer.«

Er lachte.

»Aber ich mußte was tun«, sagte er. »Der King hätte es erwartet.«

VI

Und dann passierte es wieder. Es passierte wieder, und ich konnte es verdammt noch mal nicht fassen. Wir fuhren gerade vom Parkplatz weg – der Kleine lachte immer noch vor sich hin –, und die Stereoanlage schaltete sich wieder ein. Sie schaltete sich mit vollem Karacho ein, und wieder hämmerte Bevs Song los.

Ich bekam fast einen Herzschlag, verdammte Scheiße, und Bob kriegte so einen Schreck, daß er das Steuer verriß.

»Zum *Teufel* noch mal, Bev«, schrie ich und schlug das Ding aus.

»Was kann ich denn dafür, Peacock?« schrie sie zurück. »Ich hab keinen Einfluß auf das Ding.«

»Es ist dein verfluchter Song, Bev«, sagte ich zu ihr. »Und er macht jeden irre, zum Donnerwetter.«

»Ich kann nicht gewinnen, Peacock, oder? Ich kann, zum Teufel noch mal, nicht bei dir gewinnen.«

»Wozu willst du denn gewinnen, verdammt?«

»Weißt du was?« sagte sie. »Du solltest lernen, deine Wut ein wenig zu bewältigen, Kumpel.«

»Ich soll *was*?«

»Du solltest ein bißchen Wut-Bewältigung lernen.«

»Wovon zur Hölle redest du?« fragte ich. »Welchen verdammten amerikanischen Scheißdreck hast du dir jetzt wieder angehört? Ich brauch keine verfluchte Wut-Bewältigung.«

Ich drehte mich zu ihr um.

»*Du* mußt lernen, meine verdammte Wut zu bewältigen«, sagte ich. »Das hat einen Scheiß mit mir zu tun. Du bist es, die mich so verdammt wütend macht. Bin ich wütend geworden, bevor sie hier angekommen ist, Bob? Du machst mich noch völlig wahnsinnig, verflucht. Du solltest lernen, was mich wütend macht und dann damit aufhören, verdammt noch mal. Dann *wird* meine Wut bewältigt sein, zum Teufel.«

»Du bist ein verdammter Prolet, Peacock«, sagte sie, und das war alles.

Wut-Bewältigung.
Jesus *Christus*.

Aber trotz allem machte ich auf dem Weg aus Memphis raus eine ziemlich üble Sache. Eine gemeine Sache. Doch sie hatte mich zu sehr gereizt, verdammt noch mal, und ich konnte einfach nicht anders. Bis aufs Blut hatte sie mich gequält.

Ich legte gerade die CD vom King wieder ein – auf Bobs verdammten Wunsch, wie ich hinzufügen möchte –, und die blöde Kuh fing schon wieder damit an.

»Wir brauchen ein paar halbwegs anständige CDs für dieses Auto«, sagte sie. »Alles, was wir zu hören kriegen, ist immer nur Glen Scheiß-Campbell, und jetzt *der*.«

»Vergißt du nicht diesen verdammten Mist hier?« sagte ich und hielt ihre eigene CD hoch. »Wir haben kaum aufgehört, es uns anzuhören, seitdem du's gemacht hast, verdammt.«

»Es ist das einzige Ding hier drin, das *wert* ist, angehört zu werden«, sagte sie. »Und wir werden es uns noch viel öfter anhören müssen, wenn wir uns nicht was Neues besorgen.«

»Einen Scheiß müssen wir«, warnte ich sie, und dann machte ich diese Sache. Diese üble Sache.

Ich zerbrach die CD.

Ich sag dir, das war gar nicht so verdammt einfach. Ich bog sie in die eine Richtung, und sie wollte nicht nachgeben, dann bog ich sie zurück in die andere Richtung, und da ging's. An dem einen Stück schnitt ich mich auch noch, zur Hölle, was mich nur noch wütender machte.

»Verfluchter *Bastard*«, schrie ich und ließ das Fenster runter und schmiß die Teile raus.

Mir tropfte Blut auf die Hosen, und ich wickelte einen der Elvis-Schals, die ich gekauft hatte, um den Schnitt.

»Schau, was zur Hölle du mir jetzt wieder angetan hast«, sagte ich und drehte mich zu Bev um. »Bist du jetzt zufrieden, verdammt noch mal?«

Aber sie sagte gar nichts. Sie schaute mich nur an. Schaute mich an, als ob ich ihr in die Fresse geschlagen hätte – und ihre Augen füllten sich mit Tränen. Dann schaute sie auf ihre Hände und legte sich langsam auf den Sitz, das Gesicht zur Lehne.

»Das ging zu weit, Peacock«, sagte Bob ruhig. »Das war verdammt gemein.«

»Für mich war es auch hart«, meinte ich und hielt meine Hand hoch. »Schau dir an, in welchem Zustand die ist.«

Blut sickerte durch den Schal, aber er schüttelte den Kopf.

»Tu jetzt bloß nicht so, verdammt«, warnte ich ihn. »Du warst den Song genauso leid wie ich.« Aber er wollte nichts davon hören.

»Das ist keine Entschuldigung«, sagte er und schüttelte wieder den Kopf.

»Ah, halt's Maul«, murmelte ich.

Für den Rest des Nachmittags war es dann verdammt trist im Auto. Keiner redete was. Hin und wieder probierte ich, mit dem Kleinen ein Gespräch anzufangen, aber es kam nichts dabei raus. Es blieb den ganzen Weg bis Nashville so, wo wir anhielten, um was zu essen.

»Ich sterbe vor Hunger«, sagte Bob, als wir aus dem Auto stiegen, und wir gingen die Straße entlang, um zu sehen, was es alles gab – aber Bev war uns nicht gefolgt.

»Was zur Hölle soll denn das?« sagte ich, und ich ging zurück und machte ihre Tür auf.

»Kommst du?« fragte ich, aber sie schüttelte den Kopf. Sie lag noch immer mit dem Gesicht zur Rücklehne da, und ich hockte mich vor das Auto. Legte ihr die Hand auf die Schulter.

»Du mußt doch halb verhungert sein«, sagte ich, aber sie bewegte nur die Schulter.

»Geh weg, Peacock«, sagte sie. Keine Wut, kein Bitten – nur das.

»Sollen wir dir was mitbringen?« fragte ich.

»Meinen Song. Bringt mir meinen verdammten Song zurück, du Wichser.«

»Ach, zum Teufel noch mal, Bev«, sagte ich. »Das mit dem verdammten Song tut mir leid. Okay? Du hast mich zu sehr gereizt. Du hast mich irre gemacht. Komm schon. Komm was essen.«

»Laß mich einfach, Peacock«, sagte sie. »Laß mich allein.«

Ich stand wieder auf, aber Bob war rübergekommen, und schließlich konnte er sie überreden auszusteigen. Sie warf mir so einen Blick zu, als sie hoch kam, und richtete dann ihre Haare in der Spiegelung der Fensterscheibe.

»Du hattest recht«, sagte sie zu Bob, als wir losgingen. »Ich *hab* Hunger, jetzt wo ich ausgestiegen bin.«

Aber mir warf sie nur wieder diesen Blick zu.

Uns standen eine Menge Lokale zur Auswahl. Die Stadt schien so ziemlich aus einer Straße zu bestehen, aber entlang dieser Straße gab es nur Restaurants und Gitarrenläden. Ich zeigte auf ein paar Lokale, aber bald ahnte ich, daß Bev in keines gehen würde, von dem sie dachte, ich würde da reingehen wollen, also überließ ich es ihnen.

Ich blieb etwas zurück und nahm den Schal von meiner Hand, um einen Blick auf die Wunde zu werfen. Sie hatte aufgehört zu bluten, aber der Schnitt war tief. Ich konnte ihn auseinanderziehen und mir ganz wunderbar das Innere anschauen.

Das war es, was ich gerade tat, als sie plötzlich stehenblieben. Ich guckte hoch und merkte, daß wir vor einem Lokal standen, in das wir offensichtlich reingehen würden. Sie lasen die Karte und nickten einander zu.

»Soll's das sein?« fragte ich, und Bev sah, daß ich meine Wunde untersuchte.

»Ich wünschte, das Ding hätte dir die ganze Scheiß-Hand abgeschnitten«, sagte sie.

Verdammt reizend.

Aber es war ein gutes Lokal, das sie ausgesucht hatten. Das Essen war absolut toll, und als es kam, merkte ich, wie verflucht hungrig auch ich war.

»Ich sag euch was«, sagte Bob während wir aßen. »Besser wir verraten keinem hier um uns rum, was wir vorhaben. Hoffen wir, daß sie nicht rausfinden, was wir eigentlich tun, oder sie werden uns lynchen, verdammt.«

»Wieso das denn?« fragte Bev.

»Ihre Country-Music zu versauen«, lachte Bob. »In der Gegend hier nehmen sie diesen Scheiß ernst. Es würde ihnen nicht gefallen, wenn sie wüßten, daß wir einen ihrer Songs verhackstückt haben.«

»Mir würde es auch nicht gefallen, wenn es jemand anders gemacht hätte«, meinte ich. »Es ist eine verfluchte Schande.«

Er lächelte in sich hinein und legte sein Besteck hin.

»Vielleicht sollten wir uns einen kleinen Spaß damit gönnen, solange wir hier sind«, sagte er. »Vielleicht sollten wir sie ein bißchen aufrütteln.« Und er fing an zu lachen.

Also holte er, als wir bezahlt hatten und gegangen waren, die Tasche mit den Bändern aus dem Kofferraum und fischte die CD raus. Dann fuhren wir drei- oder viermal die Straße rauf und runter, mit dem Song auf voller Lautstärke.

Er hatte alle Fenster runtergelassen und steckte beim Fahren immer wieder den Kopf raus und johlte.

»Na, wie ist das?« schrie er den Passanten zu.

Als wir zum letzten Mal die Straße runterfuhren, standen die Leute in lockeren Reihen entlang der Bordsteinkante und schauten uns beim Vorbeifahren zu.

»Ich glaube, es wird Zeit abzuhauen«, sagte er. »Noch eine Runde, und sie haben sich so weit zusammengerottet, daß sie uns verfolgen.«

Dann bog er von der Straße ab, fuhr aus der Stadt raus und gackerte die ganze Zeit vor sich hin.

»Hier wird es sich nicht gut verkaufen«, sagte er. »Mir ist egal, wie viele Millionen Mal sich die Scheibe woanders verkauft, aber in Nashville wird es nicht eine einzige sein.«

Es kam mir so vor, als wäre die Reaktion bei jedem anderen Song in jeder anderen Stadt genauso gewesen. Wenn du ein paar so Ärsche siehst, die mit voll aufgedrehter Stereoanlage die Straße rauf und runter fahren, aus dem Fenster hängen und johlen und schreien, dann wirst du früher oder später stehenbleiben und gucken. Und nicht lange danach wirst du versuchen, die verdammten Idioten kaltzumachen. Trotzdem war er glücklich. Und er blieb auch glücklich, während er noch lange in die Nacht hinein fuhr, raus aus Tennessee und nach Virginia.

»Es klang aber gut, hä?« sagte er, als wir schon lange von da weg waren.

»Es klang verdammt toll, Junge«, meinte ich.

»Hat einen saustarken Beat«, sagte er. »Wird wirklich reinhauen. Ich werd jetzt verdammt aufgeregt, Peacock. Morgen sind wir da. Wir sollten den Typ in der Früh anrufen und ihm sagen, daß wir ganz in der Nähe sind. Um sicherzugehen, daß er da ist.«

»Ich werd ihm Bescheid sagen«, sagte ich. »Wir haben einen verdammt langen Weg hinter uns.«

»Einen langen Weg, Peacock. Und viel erlebt. Aber das ist nur der Anfang.«

»Hoffen wir's, Kleiner«, sagte ich.

Irgendwann nach Mitternacht hielten wir. Glücklicherweise standen in dem Zimmer, in dem Bev und ich landeten, zwei Einzelbetten. Sonst hätte es wohl eine Menge Tritte und Kratzer gegeben.

Bevor ich das Licht ausmachte, setzte ich mich an ihr Bett und fragte sie, wie es ihr ginge. Sie hatte kein einziges Wort gesagt, seitdem wir ins Zimmer gekommen waren.

»Das mit deiner CD hätte ich nicht machen sollen«, sagte ich. »Du mußt einfach lernen, mich nicht so zu reizen.«

Sie schüttelte ihre Kissen auf und legte den Kopf drauf.

»Du bist ein verdammtes Arschloch, Peacock«, sagte sie.

VII

Am Morgen rief ich als erstes den Typ in Washington an. Es dauerte ewig, von all seinen beknackten Sekretärinnen und Laufburschen weiterverbunden zu werden, aber ich wertete das als gutes Zeichen. Es bedeutete, daß er dort wirklich was am Laufen hatte. Es bedeutete, daß es eine richtige Firma war, und nicht nur so eine Ein-Mann-Sache.

Endlich wurde ich mit seinem eigenen Anschluß verbunden.

»John Williams«, sagte er. Ich mochte die Art, wie er das sagte. Als ob er dich glauben machen wollte, daß er sich selbst nur für einen ganz normalen Kerl hielt – wie jeder andere auch –, obwohl du zur selben Zeit genau merktest, daß er wußte, du würdest denken, »Oh ver*flucht*, er *ist's*.«

»Alles klar, Kumpel?« sagte ich. Für mich machte es keinen Unterschied; bevor unser Typ uns den Namen gegeben hatte, hatte ich noch nie von diesem Arsch gehört.

»Wie geht's dir?« fragte ich.

»Cool«, sagte er. »Wer spricht da?«

»Hier ist Peacock, Junge. Peacock Johnson.«

»Peacock!« sagte er. »Wie *geht's*?«

Der Arsch war entzückt, verdammte Hacke.

»Aye, … auch cool, John. Wir sind fast da, Kumpel. Wir werden wahrscheinlich heut nachmittag in Washington sein.«

»Super. Das hör ich gern, Peacock. Ich freu mich drauf, euch Jungs kennenzulernen. Und ich kann es kaum erwarten, diesen Song zu hören. Nach dem, was ich gehört habe, klingt es, als könne es wirklich laufen.«

»Das wird es, John«, sagte ich. »Es wird dich umhauen, Junge.«

»Wie war die Fahrt, Peacock? Seid ihr gut durchgekommen?«

»Aye, der Kleine fährt gut. Gestern haben wir in Memphis Station gemacht, waren in Graceland.«

»Super. Das macht mich neidisch, Peacock. Weißt du, ich war noch nie dort. Eines Tages fahr ich hin.«

»Das solltest du, John. Ist verflucht irre. Hör mal, Kumpel«, sagte ich. »Ich sollte jetzt besser los, aber wir treffen dich in ein paar Stunden.«

»Ich freu mich drauf, Peacock. Hast du eine Wegbeschreibung?«

»Wir haben die Adresse«, meinte ich.

»Cool. Falls es Probleme gibt, ruf einfach an. Ansonsten bis bald.«

»Cheers, Kumpel, cheers«, sagte ich und legte auf. Dann ging ich Bob erzählen, daß es gut aussah.

Erst als ich vom Telefon wegkam, merkte ich, daß er alles, was ich sagte, verstanden hatte. Kein »Was?« Kein »Wie bitte?« Ich wertete das als ein weiteres gutes Zeichen. Jedenfalls gab es der Sache ein verdammt anderes Gesicht.

»Wie lief's?« fragte Bob.

»Toll«, sagte ich. »Der macht sich fast in die bekackten Hosen, Junge. Ist jetzt schon überzeugt, daß es ein Hit wird.«

»Natürlich ist er das«, sagte Bob. »Und warte, bis er es erst hört. Wird hüpfen wie ein bescheuerter Gummiball.«

»Sind wir soweit?« fragte ich.

»Ich spül das nur noch aus«, sagte er. »Dauert nicht lang.«

Er wusch die dämliche Teekanne mit dem Reinigungsmittel, das Bev am Flughafen gekauft hatte.

»Ich geh mal schauen, was Ihre Majestät macht«, meinte ich. »Wir sehen uns dann draußen.«

Es hätte an diesem Morgen so oder so laufen können mit Bev. Sie war mürrisch, aber sie redete wieder ein bißchen, und es hätte auch anders laufen können. Aber das Glück war nicht auf meiner Seite.

Als wir wegfuhren, spielte uns die Stereoanlage wieder ihren Streich und fing an, unser eigenes Lied loszuplärren. Ich zog die CD raus und schmiß sie in die Tasche zu den Bändern.

»Wenn es dein Song ist, dann ist das was anderes«, sagte sie. »Den würdest du nicht kaputtmachen.«

»Hör doch auf, Bev«, sagte ich.

Aber das Pech ging weiter, und das war nur ein Vorgeschmack darauf, was als nächstes passierte.

Wir hatten zu Mittag bei einem Lokal am Straßenrand angehalten, und wir tranken gerade Kaffee und warteten auf das Essen.

»Wißt ihr, was ich langsam vermisse«, sagte sie. »Ich vermisse eine wirklich gute Tasse Tee. All der Kaffee hängt mir zum Hals raus. Man kann hier einfach keine gute Tasse Tee kriegen.«

»Du solltest dir selbst eine machen«, sagte ich. »Der Kleine hat die Kanne heute morgen ausgespült, stimmt's, Junge?«

Er nickte.

»Trotzdem bin ich mir immer noch nicht sicher, ob sie unbedenklich ist«, meinte er. »Sie war ekelhaft. Die in dem Haus müssen schon widerliche Scheißer gewesen sein. Wie konnte irgend jemand da drin leben?«

Ich warf ihm einen Blick zu, aber es war zu spät.

»Wo drin?« fragte Bev. »Ich dachte, du hättest sie irgendwo gekauft.«

»Das ...« sagte Bob, aber es hatte keinen Sinn. Er hatte uns direkt in die Scheiße geritten, und Bev wollte nicht lockerlassen, bis wir ihr die ganze verdammte Geschichte erzählt hatten. Es gab kein Drumrumkommen, und der einzige Teil, den wir ausließen, war der mit den Würmern. Wir erzählten ihr einfach, wir hätten dort rausgemußt, weil wir gestört worden wären.

»Du verfluchter *Wichser*, Peacock«, rief sie. »Ich *glaub* dir das nicht, verdammt. Was soll denn das?«

»Moment mal, Bev«, sagte ich zu ihr. »Ich hab das verfluchte Haus noch nicht mal betreten.«

»Nur weil jemand aufgetaucht ist. Als ... Oh, Scheiße. Wart mal ... Als wir von der Polizei angehalten wurden, da dachtet ihr, es wäre deswegen, richtig?«

Wir schwiegen.

»Du verdammter blöder *Arsch*, Peacock. Wir hätten alle im *Knast* landen können.«

»Aber die haben uns doch wegen des Mietvertrags angehalten, Bev.«

»*Ich* hätte in den verdammten Knast kommen

können. Du bist ein verfluchter Schwachkopf, Peacock. Was brecht ihr überhaupt in ein Haus ein, wo ihr doch eine verdammte Plattenfirma hinter euch habt? Nicht, daß ihr das Geld gebraucht hättet. Macht ihr so was jetzt aus Spaß?«

Sie wollte auch hierbei nicht lockerlassen, also mußten wir sie über den Rest auch noch aufklären. Die ganze Zeit hindurch starrte sie ungläubig, und dann stürmte sie auf die »Toilette«.

»Du blöder *Affe*«, zischte ich Bob zu, als sie weg war.

»Tut mir leid, Peacock«, sagte er. »Tut mir leid. Ich hab's vermasselt.«

Also, es hätte an diesem Morgen so oder so mit ihr laufen können, aber so war's nun mal, wie es lief. Und sie blieb danach noch nicht mal still wie am Tag zuvor. Sie ging direkt auf mich los. Ohne verdammte Unterbrechung. Von da an war die Fahrt ein Scheiß-Albtraum.

Sobald wir wieder ins Auto stiegen, fing sie an zu schreien, und sie hörte nicht mehr auf.

»Alles Lügen, vom Anfang bis zum Schluß«, kreischte sie. »Diese ganze verdammte Fahrt. Sogar bevor ich hergekommen bin – alles Lügen. Ich weiß nicht mehr, was zur Hölle eigentlich los ist, Peacock.«

»Wir haben dir gesagt, was los ist, Bev«, sagte ich. »Wir haben's dir gesagt. Wir müssen nur noch diese Bänder nach DC bringen und dann ist alles in schönster Ordnung.«

»Hat Washington einen Flughafen, Bob?« fragte sie.

»Klar«, sagte Bob. »International Airport.«

»Fahr mich direkt da hin«, sagte sie. »Bevor ihr zu dieser Plattenfirma geht. Falls es überhaupt eine verdammte Plattenfirma gibt. Ich will es gar nicht wissen. Ich will diese Firma nicht sehen, und ich will überhaupt nichts darüber wissen. Bring mich einfach auf direktem Weg zum Flughafen.«

»Sei nicht so verflucht blöde, Bev«, sagte ich. »Beruhig dich doch.«

Auf direktem Weg fuhren wir jedoch, wie es sich herausstellte, nirgendwo hin. Auf der Suche nach dieser Adresse verfuhren wir uns fürchterlich, und ich konnte mich bei Bevs andauerndem Scheiß-Gequatsche, das mich nur noch mehr reizte, nicht auf die Karte konzentrieren. Ich mußtc immer wieder das Mitlesen unterbrechen, um zurückzuschnauzen, und dann bogen wir noch mal falsch ab, und ich mußte versuchen, rauszufinden, wo zur Hölle wir jetzt wieder waren. Es war saumäßig schwer.

»Ich mach keine Witze, Bob«, fing sie an zu schreien. »Hör auf, den Angaben von diesem Arschloch zu folgen, und fahr mich zu dem verdammten Flughafen.«

»Ich bring dich hin, Bev«, sagte er, »aber zuerst müssen wir diese Firma finden; sie werden bald zumachen.«

Wir bogen um noch eine Kurve und waren irgendwie wieder an dem dämlichen Fluß, den wir auf dem Weg rein überquert hatten. Zum dritten Mal.

»Allmächtiger Herr Jesus«, rief Bev. »Gib mir die verdammte Karte, Peacock.«

Sie versuchte sie zu packen, aber ich hielt sie fest. Wenn sie die Karte gelesen hätte, wären wir *in* dem Scheiß-Fluß gelandet.

»Also gut, halt an und telefonier mit dem Typen«, sagte sie. »Das ist ja geisteskrank, zur Hölle.«

»Du bist geisteskrank, zur Hölle«, sagte ich. »Wenn du mich nur ein bißchen in Frieden lassen würdest, wäre es kein so verdammtes Problem. Mach einfach dein verfluchtes Maul für fünf Minuten zu, und wir sind da.«

»Halt den Wagen an, Bob«, schrie sie. »Halt den Wagen an, ich steig aus. Mehr davon ertrag ich nicht.«

»Wir werden es finden, Bev« sagte er. »Es muß ganz in der Nähe sein.«

Aber sie war absolut und vollkommen übergeschnappt. Vom Rücksitz aus legte sie die Hände über seine Augen und fing an zu kreischen.

»Halt an«, schrie sie. »Halt das verfluchte Auto an, du kleiner Scheißer.«

Er versuchte ihre Hände wegzuziehen, dann versuchte ich es, aber sie ließ nicht los.

»Na gut«, sagte Bob. »Ich halt an. Du bringst uns noch alle um, verdammt. Nimm die Hände weg, damit ich sehen kann, wohin zum Teufel ich fahre.«

Sie ließ los, und er fuhr rechts ran.

»Jesus *Christus*«, sagte er und drehte sich nach ihr um, aber sie hatte schon die Tür offen und war draußen.

»Scheiße«, sagte er.

»Jetzt siehst du, womit ich es zu tun habe«, meinte ich. »Na? Siehst du's jetzt? Sie ist eine verdammte Verrückte.«

Sie war da draußen, schlug an mein Fenster und bedeutete mir mit einer wütenden Geste, daß ich es gefälligst runterlassen sollte.

Ich machte die Tür auf und stieg aus.

»Was?« fragte ich.

»Gib mir das Geld«, sagte sie.

»Welches Geld?«

»Das Geld für ein Taxi zum Flughafen und den Flug nach Hause.«

»Krieg dich wieder ein, verdammte Hacke«, meinte ich.

»Ich meine es ernst, Peacock«, sagte sie. »Gib mir das Geld, *jetzt*.«

Ich ging ein paar Schritte vom Auto weg, und sie lief mir nach.

»Atme ein paarmal tief durch, Bev«, sagte ich.

»Was? Wovon zur Hölle sprichst du, Peacock?«

»Du mußt dich beruhigen, Maus«, meinte ich. »Du hast dich wegen nichts so aufgeregt.«

»Wegen nichts? Was zum Teufel meinst du? Wegen nichts? Du bist ein verdammter Vollidiot, Peacock. Gib mir einfach das Scheiß-Geld.«

»Beruhige dich«, sagte ich noch mal. »Du hast dich so aufgeregt, daß du nicht mal mehr klar denken kannst.«

»Peacock, ich bin ruhig. Ich denke klar. Ich werd dir sagen, wie verflucht klar ich denke. Hier kommt ein Beispiel. Wenn du mir nicht das Geld gibst, genau in dieser verdammten Minute, dann werde ich selbst zur Polizei gehen, und ich werde ihnen von deinem kleinen Abenteuer in L. A. erzählen.«

»Und was wollen sie uns anhängen, Bev? Eine Scheiß-Teekanne geklaut zu haben?«

»Du *weißt*, was sie dir anhängen werden, Peacock. Und es wär auch nicht das erste Mal, verdammt. Also gib mir das Geld.«

»Ich hab's nicht«, sagte ich.

»Probier's nicht auf die Tour, Kumpel. Zur Hölle, gib es mir einfach.«

»Bev«, sagte ich. »Ich hab es nicht. Du hängst mir dermaßen zum Hals raus, ich würde dir genug für ein verdammtes Erste-Klasse-Ticket geben, wenn ich es hätte, nur damit ich dich los bin. Aber ich hab's nicht. Wir hatten nur genug, um hierher zu kommen, und jetzt müssen wir die Bänder zu dem Typ bringen, bevor wir noch was kriegen.«

Sie fing wieder mit ihrem durchgeknallten Geschrei an.

»*Was*? Du hast mich hierher gebracht, ohne irgendeine Möglichkeit, daß ich nach *Hause* komme? Bist du denn total *irre*, Peacock, verdammt noch mal? Was zur Hölle versucht du mir anzutun?«

Sie rannte zum Wagen zurück und riß die Beifahrertür auf, und ich dachte, sie würde jetzt Bob würgen oder so was. Das dachte er auch, wie es aussah. Aber eine Sekunde später war sie wieder draußen und knallte die Tür zu.

»Und das ist alles?« schrie sie mich an. Sie hielt die Tasche mit den Bändern hoch.

»Stell das hin, Bev«, sagte ich.

»Das ist alles? Das ist meine einzige Chance, jemals wieder heimzukommen? Du hast meine Scheiß-Chance von dem hier abhängig gemacht?«

»Beruhige dich, Maus«, sagte ich. »Es gibt kein Problem. Wir werden all das verfluchte Geld haben, das wir brauchen, wenn wir diese Bänder zu dem Typ bringen.«

»Peacock«, sagte sie. »Das ist ganz große *Scheiße*. Dieser Song wird niemals irgendwo laufen. Du wirst nicht einen verdammten Penny damit machen.«

»Das werden wir«, meinte ich. »Mach dir keine Sorgen. Der Song bringt uns ein Schweinegeld.«

»Wird er, verdammt noch mal, nicht«, sagte sie. »Ich kann's dir garantieren.«

Und sie rannte wie der Blitz über die Straße.

Zuerst begriff ich gar nicht, was passierte. Sogar als sie auf der anderen Straßenseite ankam, wußte ich es noch nicht. Aber Bob war mir um Längen voraus. Seine Tür flog auf, und er fing an zu schreien. Blindlings hechtete er über die Straße, kam aber nicht schnell genug auch nur in Bevs Nähe. Die Tasche war in der Luft, noch bevor er den Gehsteig erreichte. Und erst als ich sie in den Fluß hinunterstürzen sah, kapierte auch ich.

Und das Ding sank wie ein verdammter Stein.

»*Nein!*« schrie Bob und rannte weiter. Ich dachte, er würde Bev glatt umbringen. Dachte, er würde sie hineinstoßen. Aber er rannte geradewegs an ihr vorbei und sprang selbst rein.

Da rannte ich auch über die Straße. Er war nicht mal annähernd dort gelandet, wo die verdammte Tasche verschwunden war, aber er tauchte immer wieder unter und kam hoch, rang nach Luft und tauchte wieder weg.

»Vergiß es, Bob«, rief ich ihm zu. »Komm da raus. Zum Teufel, du wirst sie nie finden. Die Bänder sind sowieso alle hin, verdammte Scheiße.«

Er winkte mir kurz zu und tauchte dann wieder unter.

Aber diesmal blieb er sehr lange weg. Zu lange.

VIII

»Du hast ihn umgebracht, verdammt«, schrie ich Bev an. »Du hast den Kleinen umgebracht.«

»Spring *rein*«, schrie sie zurück. »Spring rein und finde ihn, Peacock, zur Hölle.«

»Ich? Du weißt, daß ich nicht schwimmen kann, Bev.«

»Was denn dann? Was sollen wir denn machen, verdammt?«

»Verflucht, ich weiß nicht. Was sollte denn das, Bev?«

»Ich hab versucht, dich zur Vernunft zu bringen, Peacock.«

»Vernunft? Von was zum Teufel redest du? Wo ist da die Vernunft? Du willst nach Hause, und du schmeißt unseren einzigen Weg heim in den gottverdammten Fluß?«

»Oh Gott, Peacock«, sagte sie. »Tu doch was.«

»Was denn? Was zum Teufel kann ich tun?«

»Ich weiß nicht. Tu *irgend*was.«

Aber ich mußte nicht. Der kleine Mann kam flußabwärts prustend wieder an die Oberfläche, und wir rannten zu ihm hin.

»Bob«, schrie ich. »Mach, daß du da rauskommst. Raus da.«

Er schwamm zum Ufer, und wir kletterten die Böschung hinunter. Ich streckte die Hand aus und packte ihn.

»Du bist ein verdammter Spinner«, sagte ich, und er setzte sich spuckend ans Ufer. Er war von oben bis unten voller Schleim und so Scheißzeugs.

»Ich konnte sie nicht finden, Peacock«, sagte er.

»Natürlich konntest du sie nicht finden«, meinte ich. »Du warst nicht mal in ihrer verdammten Nähe, Junge. Wir dachten, du wärst ersoffen.«

Bev kniete sich hin und legte ihre Arme um ihn.

»Das dachten wir wirklich«, sagte sie, aber er schaute sie nicht an. Er versuchte sie abzuschütteln, dann zuckte er zusammen.

»Scheiße«, sagte er.

»Was?«

»Du hast mir meine verfluchte Elvis-Halskette runtergerissen«, sagte er.

Die Kette war in den Fluß gefallen, und er kniete sich hin und tastete im Wasser rum.

»Es tut mir leid«, sagte Bev zu ihm.

»Das hier tut dir leid?« schrie ich sie an. »Von was zur Hölle redest du jetzt schon wieder, Bev? Was ist mit den verfluchten Bändern? Es ist nur eine Scheiß-Halskette.«

»Trotzdem, ich muß sie zurückhaben«, sagte Bob. Er zitterte und bibberte von seinem Bad im Fluß. »Sie ist mein Talisman«, sagte er. »Wär ein schlechtes Omen, sie zu verlieren.«

»Bob«, sagte ich. »Wovon zum Teufel redest du? Das Unglück ist schon passiert. Wir sitzen in der Scheiße. Wir sind bereits am Arsch, Junge.«

Aber er hörte nicht zu. Ein Stück weiter den Fluß runter knieten zwei Knirpse am Flußufer und teilten sich eine Taucherbrille, setzten sie abwechselnd auf und guckten ins Wasser. Bob hatte das gesichtet und rannte dort hin.

»Gebt sie her«, schrie er sie an, und sie guckten hoch, total verängstigt, als sie den Kleinen da stehen sahen, klitschnaß und zitternd, und mit diesem Scheiß-Schleim bedeckt.

»Beeilung«, sagte er. »Kommt schon, ihr kriegt sie wieder. Ich brauche sie, um was zu finden.«

Beide starrten ihn an, und der eine, der die Brille gerade aufhatte, schüttelte den Kopf.

»Gib sie her«, sagte Bob und griff nach der Vorderseite der Brille. Er wollte sie vom Gesicht des Knirpses wegziehen, aber das Gummiband hielt sie fest und dehnte sich nur weiter und weiter. Der Knirps packte nun ebenfalls die Vorderseite der Brille und versuchte sie zurückzuziehen, aber Bob schnipste ihm immer wieder auf die Fingerknöchel, bis die Brille schließlich abging.

»Aua, Scheiße ...« jaulte Bob, als das Gummiband gegen seine Hände klatschte. Aber er setzte die Brille auf und kam zurück zu der Stelle, wo die Kette reingefallen war, und die Knirpse rannten hinter ihm her und boxten ihm in die Beine.

Er bückte sich und schaute rein, schob das Wasser mit den Händen auseinander. Und bald war er wieder drin – bis zur Hüfte – und watete herum, das Gesicht an die Wasseroberfläche gedrückt.

»Bob«, rief ich ihm zu. »Gib's auf, Junge. Zur Hölle, du wirst sie nie finden.«

Was er aber doch tat. In der Nähe des Ufers. Und er kam mit der an seinen Fingern baumelnden Kette aus dem Wasser gespurtet und schlug mit der anderen Faust in die Luft. Bev fing doch tatsächlich zu klatschen an. Ich dachte echt, ich spinne.

Da rannte der Knirps, der die Brille aufgehabt hatte, zu ihm hin und schnappte sie sich wieder, und die beiden Kleinen verschwanden wie der Blitz.

»Ist sie okay?« fragte Bev, als Bob an der Halskette rumfummelte.

»Die Kette ist kaputt«, meinte er. »Aber ich kann sie reparieren. Kommt, gehen wir.«

»Wohin denn?« fragte ich. »Wo, zur Hölle, sollen wir hingehen?« Und das ließ ihn innehalten. Keiner von uns hatte eine Idee, wohin wir jetzt gehen sollten, verdammt, und wir setzten uns einfach dort hin und schwiegen. Starrten auf den Scheiß-Fluß.

Wir saßen dann noch eine Weile schweigend im Auto, das immer noch am Straßenrand geparkt war. Es war Bob, der schließlich den ersten Einfall hatte, was wir machen sollten – als er da saß und den ganzen Sitz volltropfte. Und er war es auch, der den zweiten Einfall hatte, nachdem beim ersten nur Scheiß rausgekommen war.

Um fair zu bleiben, es war beides Mal so ziemlich der gleiche Einfall. Der zweite war nur eine etwas verzweifeltere Version des ersten.

Sein erster Einfall war gewesen, unseren Typen in L. A. anzurufen.

»Er ist verpflichtet, alles auf dem Computer zu sichern«, sagte er plötzlich ganz lebhaft. Er hörte auf zu zittern und ließ den Wagen an, und wir fuhren los, um ein Telefon zu finden. Aber wie schon gesagt, aus dem ersten Einfall wurde nichts.

Ich erzählte dem Typen nicht, was passiert war, sondern fragte ihn nur, ob er noch eine Kopie des Songs hätte, für den Fall, daß wir sie bräuchten.

»Tut mir leid«, sagte er. »Wir behalten nichts vom Material der Kunden. Wir können es gleichzeitig für dich sichern, wenn du das verlangst – gegen eine Extra-Gebühr. Aber unser Speicherplatz ist begrenzt, also löschen wir sonst alles.«

»Aber du warst an dem da beteiligt«, sagte ich. »Du wolltest einen Anteil. Wir waren mehr als nur Scheiß-Kunden.«

»Tut mir leid«, sagte er.

»Du kapierst es immer noch nicht, Peacock, oder?« sagte Bev, als ich ihnen erzählte, wie es gelaufen war. »Du hast es immer noch nicht begriffen.«

»Was?«

»Die wollten nur soviel Geld wie möglich aus dir rausschlagen. Sie wußten genau, daß es nirgendwohin führt.«

»Halt's Maul, Bev«, sagte ich. »Du wanderst immer noch auf schmalem Grat, Maus. Auf verdammt schmalem Grat.«

Bob's zweiter Einfall war, das Studio anzurufen, in dem wir mit den Musikern die Original-Sachen aufgenommen hatten.

»Zumindest könnten wir es wieder zusammenbauen, wenn wir das Zeug haben«, sagte er, und diesmal ging er ans Telefon. Und er sah nicht unzufrieden aus, als er zurückkam.

»Wie lief's?« fragte ich.

»Er schaut gerade nach«, sagte Bob. »Er meinte, sie könnten es gesichert haben, als sie die Tracks für uns auf DAT gelegt haben. Wir sollen in einer Stunde noch mal anrufen.«

»Das ist ja verdammt toll«, meinte ich.

»Wie wär's, wenn wir in der Zwischenzeit versuchen, ein Hotel zu finden«, sagte Bob. »Ich muß duschen und mich umziehen, Peacock. Sonst hol ich mir noch den verdammten Tod.«

Also fuhren wir los und fanden eins. Der Kleine brachte sich in Ordnung, und innerhalb einer Stunde stand er mit guten Neuigkeiten vor unserer Tür.

»Er hat ein Band mit unserem Namen drauf gefunden«, sagte er. »Ich hab gesagt, es wär ein Notfall, und jetzt schickt er's per Kurier. Es sollte am Morgen hier sein.«

Ich schlug ihm auf den Rücken.

»Wir sind wieder im Geschäft, Kleiner«, rief ich.

Also riefen wir den Typ in Washington an und erzählten ihm, das Auto sei verreckt. Wir erzählten ihm, wir würden in ein oder zwei Tagen da sein, und das schien okay für ihn.

»Können wir hier was finden, wo sie uns das Ding noch mal neu zusammenbauen?« fragte ich Bob.

»Verscheißerst du mich?« sagte er, und aus irgendeinem Grund versuchte er mich zu imitieren. Es war eine verdammt schlechte Imitation.

»Das ist die Welthauptstadt des Techno, Kumpel«, sagte er.

*

Ich rief meinen Typen daheim an.

»Wir müssen ein paar letzte kleine Polituren machen«, sagte ich und bot ihm dreißig Prozent an, für genug Kohle, um das Ding fertigzustellen. Er sagte, er nähme fünfzig. Ich kriegte es hin, ihn auf fünfundvierzig zu drücken, und ich machte mich auf die Suche nach einem Faxgerät, um ihm eine weitere verdammte Abmachung zu schicken.

»Ich überweis dir das Geld im selben Augenblick, in dem sie ankommt, Peacock«, sagte er.

»Aye, aye – Kumpel«, murmelte ich. »Ich weiß, wie's läuft.«

Und nachdem ich das Faxgerät gefunden hatte, gingen wir alle runter an die Hotelbar und knallten uns total die Birne zu.

EPILOG

Und so sind wir jetzt seit ein paar Wochen wieder in Glasgow, ich und meine Alte. Am Anfang brauchte es etwas Eingewöhnung, nachdem wir so lange weggewesen waren. Dauerte eine Weile, sich daran zu gewöhnen, die ganze Zeit am selben Ort zu sein, in dem verdammten Regen festzusitzen. Aber ich hab jetzt langsam das Gefühl, als wären wir niemals weggewesen.

Dauert nicht lang, oder?

Aber was sagst du dazu? Heute Morgen bekam ich einen Brief vom Kleinen. Einen verdammten *Brief*.

Na?

»Lieber Peacock ...«

Verfluchter Spinner.

Er sagte, er spüre immer noch den verdammten Kater von dieser Nacht in der Hotelbar. Sagte, er würde sich immer noch ein bißchen so fühlen wie am Morgen danach, und ein großer Teil seines Briefs ließ sich über diesen Morgen aus.

Ich sag dir, wir haben uns an dem Morgen alle verdammt gequält. Allesamt hatten wir den Scheiß-Blues, und die Welt war uns ziemlich trostlos vorgekommen. Aber das Band war am Empfang aufgetaucht, und das Geld war auch da. Also hatten wir bei ein paar Studios angerufen, bis wir eines gefunden hatten, das machen konnte, wonach wir suchten, und dann fuhren wir da raus.

Der Kleine behauptete, daß alles nur deshalb geschah, weil er diesen Scheiß-Anhänger zurückgekriegt hatte. Er behauptete, das wäre es, was uns wieder ins Geschäft gebracht hätte.

»Wenn ich den verloren hätte«, sagte er, »würden wir das hier niemals machen, Peacock. Er hat das ganze Glück wieder mit zurückgebracht.«

Trotzdem hielt ich den Umschlag mit dem Band verdammt fest, nur für den Fall, daß Bev beschloß, noch mal verrückt zu spielen. Und als wir ins Studio kamen, nahm ich das DAT raus und gab es geradewegs dem Typ da.

»Laß krachen, Kumpel«, sagte ich. »Laß uns loslegen.«

Mir platzte der verdammte Kopf, und ich war nicht in der Stimmung, rumzuhängen. Auch hatte ich dieses Gefühl, das ganze Ding würde irgendwie wieder verschwinden, wenn wir nicht zügig weitermachten. Also ließ ich ihn das Band in die Maschine einlegen, und er fuhr die Lautsprecher hoch.

Und ...

Bist du bereit?

Es war Bevs dämlicher Song, der dort rausplärrte.

Zur Hölle, es war wie ein Albtraum.

Ich drängte mich an dem Kerl vorbei und drückte auf den Knopf für den Schnellvorlauf, aber es war bis zum Ende nichts anderes mehr auf dem Band drauf. Nichts.

Der Kleine rannte raus, um zu kotzen, und ich bat den Typ, mir den Weg zum Telefon zu zeigen.

Und auf dem Weg nach draußen hörte ich, wie die beknackte Bev den Kerl fragte, ob es möglich wäre, den Song für sie auf CD zu brennen.

Ich brauch wohl nicht zu sagen, daß sie im Studio in L. A. sonst kein Fitzelchen mehr von uns hatten. Mehr hatten sie nicht abgespeichert. Nur ihren Scheiß-Song.

Als wir rauskamen, riß sich Bob den Elvisanhänger ab und schleuderte ihn mit aller Wucht auf die Straße.

»Verdammte Idioten«, schrie er.

Und dann gab es für ihn nichts anderes mehr zu tun, als uns zum Flughafen rauszufahren.

*

Und so darf sie das Scheiß-Ding nicht spielen, wenn ich im Haus bin, das ist die verdammte Regel. Und ich sag dir, sie ist ziemlich lammfromm geworden, seit wir zurück sind. Sie weiß, wie sehr sie es versaut hat.

Ich weiß, sie ist froh, daß sie am Ende ihren Song zurückgekriegt hat statt wir unseren, aber sie fühlt sich deswegen auch verflucht schuldig, und deshalb hat sie mich gut behandelt. Eigentlich, glaube ich, hat sie mich noch nie vorher so gut behandelt. Und deswegen bin ich der Sieger, weil ich, und das ist die Wahrheit, meinen Frieden mit dem ganzen verflixten Ding gemacht habe. Es ärgert mich kaum mehr. Aber das werde ich sie um keinen Preis der Welt wissen lassen. Auf gar keinen Fall. Ich werd auf dieser Schiene weiterfahren, solange was für mich dabei rausspringt, verdammt.

Aber ich könnte dem Kleinen, falls ich ihm jemals einen Brief zurückschreibe, erzählen, was passiert ist, um mir über den Scheiß wegzuhelfen.

»Lieber Evil ...«
Zur Hölle noch mal. Briefe.
Jesus Christus.

Trotz allem war es traurig, ihn am Flughafen weggehen zu sehen. Ich hatte einen verfluchten Kloß im Hals. Und Bev war in Tränen aufgelöst.

Ich nahm von dem Geld, das uns mein Typ überwiesen hatte, genug für unsere Tickets und gab ihm den Rest, damit er nach New York zurückkam.

»Es war eine Wucht, Peacock«, sagte er. »Weiß der Teufel, was ich machen werde, wenn ich zurückkomme. Ich hab vergessen, wie man irgendwas anderes macht, außer Auto zu fahren.«

In seinem Brief sagte er, daß er noch eine weitere Woche rumgefahren war, nachdem er nach New York zurückkam, solange, bis der Mietvertrag für den Wagen auslief. Fuhr rauf nach New Hampshire und gammelte rum.

Aber du wirst nicht glauben, was er jetzt macht. Er hat einen Job draußen in Long Island gekriegt und streicht Millionärs-Jachten an.

Was sagst du dazu?

Und das ist noch nicht mal die ganze verdammte Geschichte.

Es stellte sich heraus, daß einer der Jungs, mit denen er arbeitet, Musiker ist, und Bob hat ihm von unserem kleinen Abenteuer erzählt und ihm anvertraut, wie sehr er die Musiker beneide, mit denen wir gearbeitet hätten. Er gab all diese Scheiße von sich, die er schon bei uns losgelassen hatte, wie sehr er sich wünschte, er könnte so eine Sache machen, wie ihn jedoch dieser verfluchte Wurm davon abhielt. Und rate mal, was der Typ zu ihm sagte.

Er sagte, »Mann, Musik ist der beste Weg, um all diese üble Scheiße rauszukriegen.«

Also lernt der Arsch jetzt Saxophon. *Saxophon*, verdammt noch mal. Kannst du das glauben?

Verdammt verrückt.

Ich könnte ihm also irgendwann einen Brief zurückschreiben. Ich hasse diese dämliche Briefschreiberei, aber ich möchte ihm von dem Traum erzählen, den ich auf dem Rückflug hatte.

Ein total idiotischer Traum.

Ich mußte wohl ungefähr zehn Minuten nach dem Start eingeschlafen sein, und ich träumte, daß wir weiter vorn im Flugzeug säßen, als wir es in Wirklichkeit taten, in der ersten Klasse vielleicht. Bev saß neben mir und quasselte wie üblich, und sogar im Traum ging mir das tierisch auf die Nerven. Also drehte ich mich um, wollte sehen, wer auf der anderen Seite von mir saß, und es war zufälligerweise der Große Mann. Glen. In voller Montur: Stetson-Hut, Cowboyhemd, Stiefel – das ganze verdammte Zeug. Und es war auch nicht Glen, so wie er jetzt ist, es war der junge Glen.

»Ich möchte dir danken, Peacock«, sagte er, als ich mich rumdrehte. Und er schüttelte mir die Hand.

»Mir danken für was?« fragte ich.

Und er sagte, er wolle mir dafür danken, daß ich seinen Song so gelassen hatte, wie er war.

»So sollte er sein«, sagte er, und dann war er weg. Ich wachte auf, und das war's.

Aber seitdem habe ich mich wegen dem, was passiert ist, nicht mehr so verdammt schlecht gefühlt.

Was mich immer noch ankotzt, ist der Gedanke an all das Geld, das wir hätten machen können, aber jetzt bin ich froh, daß wir den Song nicht ruiniert haben. Ich bin zu der Ansicht gekommen, daß es auch so schon genug von diesem Scheißdreck gibt auf der Welt.

Und wie ich schon sagte, behandelt mich meine Alte jetzt wie einen verdammten König, also hab ich, soweit es mich betrifft, das große Los gezogen.

Und wenigstens lag ich am Schluß nicht verkrüppelt im Bett, so wie mein Onkel Tam.

Oder, Kumpel?

Oder?

Ha ha …